寿 山 福 海

宁德市文学艺术界联合会
中共屏南县委宣传部 编
屏南县寿山乡人民政府

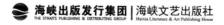
海峡出版发行集团
THE STRAITS PUBLISHING & DISTRIBUTING GROUP | 海峡文艺出版社
Haixia Literature & Art Publishing House

图书在版编目(CIP)数据

寿山福海/宁德市文学艺术界联合会,中共屏南县委宣传部,屏南县寿山乡人民政府编.—福州:海峡文艺出版社,2022.12
ISBN 978-7-5550-2951-9

Ⅰ.①寿… Ⅱ.①宁…②中…③屏… Ⅲ.①中国文学—当代文学—作品综合集 Ⅳ.①I217.1

中国版本图书馆 CIP 数据核字(2022)第 059131 号

寿山福海

宁德市文学艺术界联合会

中共屏南县委宣传部　编

屏南县寿山乡人民政府

出 版 人	林滨
责任编辑	林颖
出版发行	海峡文艺出版社
经　　销	福建新华发行(集团)有限责任公司
社　　址	福州市东水路 76 号 14 层
发 行 部	0591—87536797
印　　刷	福州麟造印刷有限公司
厂　　址	福州市晋安区福兴投资区福兴大道 17—2a
开　　本	787 毫米×1092 毫米　1/16
字　　数	182 千字
印　　张	13.5
版　　次	2022 年 12 月第 1 版
印　　次	2022 年 12 月第 1 次印刷
书　　号	ISBN 978-7-5550-2951-9
定　　价	88.00 元

如发现印装质量问题,请寄承印厂调换

前　言

为深入贯彻落实习近平总书记在中国文联十一大、中国作协十大开幕式上的重要讲话精神，凝聚文艺力量，助力乡村振兴，为奋力谱写全面建设社会主义现代化国家的宁德篇章做出新的更大贡献，2021年11月中旬，宁德市文联、宁德市作家协会组织宁德市50多位知名作家分批前往屏南县寿山乡，开展"扎根生活沃土、助力乡村振兴"文艺采风创作活动，深入挖掘寿山特色文化内涵，解码寿山"福"文化基因，以文学视角全方位展现在中国共产党的领导下，寿山乡以新发展理念引领美丽乡村建设的崭新成果。

寿山是有福之地，美丽的自然生态景观构建了寿山人"天人合一"的思想理念，深厚的历史文化底蕴涵养了寿山人的文化自信。寿山地处屏南县东部，枕山靠海，平均海拔755米，全年平均气温16.8℃，森林覆盖率75.8%，水质、空气质量优质天数接近或达到100%。乡域内生态环境优美、自然景观独特，素有"九山半水半分亩"之称，一村一景、景景相连，是国家级生态乡镇，是福建省首批"清新福建——气候康养福地"。寿山也是"茶盐古道"的中心枢纽，拥有寿山村、降龙村两个国家级传统古村落，国家级文物保护单位百祥桥，省市级非物质文化遗产乱弹戏、八音嗽语，世界范围内唯一以活性形式存在的摩尼文化遗存等。寿山乡还是革命老区，老区基点村达13个，现留存纪红亭、女红军墓、叶飞军团战斗遗址、陈邦兴游击队驻地等一批红色遗迹。

福地福人居。寿山的福不仅在山在水，还在人在心。近年来，寿山乡在屏南县委、县政府的领导下，以"发挥绿色生态优势，打造美丽清新寿山"为发展战略，经过单点包装、区域整合，深度推进寿山茶盐古道、降龙村文化旅游、白玉村体育旅游休闲基地、前墘村生态旅游开发、白凌村摄影基地等旅游景区建设，聚力构建寿山全域旅游大格局，走出一条具有寿山特色的乡村振兴之路。同时，寿山乡积极发挥首批"清新福建·气候福地"品牌优势，立足气候康养禀赋，深挖丰富的康养资源，把生态优势转化为生态资源，打造寿山康养福地，让蕴含于山水田园间的最美乡愁，留住来去匆匆的脚步，抚平浮躁不安的心灵，根深蒂固的老树枝头萌发出了一片片充满生机活力的"时代新芽"。

为进一步宣传寿山乡，在寿山乡党委政府和宁德广大作家诗人们的大力支持下，市文联精心编印《寿山福海》一书，收录纪实文学 2 篇、散文 31 篇（其中寿山福文化文章 5 篇）、诗歌 41 首，以文字的形式生动记录并挖掘了这片大地上发生的感人故事、从漫漫古道走来的沉重身影、淹没在时光深处的美丽传说、穿越千年历久弥新的拼搏精神，以及在党的领导下启程新时代的华丽转身。

炊烟袅袅，草木深深，梯田稻浪逶迤起伏，茶盐古道岁月沧桑……寿山，流淌着悠长的时光，延续着绵绵不绝的福脉。

编　者

2022 年 1 月

目 录 / CONTENTS

◎诗　歌

纪 实

茶盐古道的根味

◎ 甘代寿

  时值冬日，空气的利索感随风刮来，叶子对树的依恋敌不过自己一身的重量，眼睁睁地看着树枝，却只能飘落到那条被唤作茶盐古道的阶台上。它满以为自己蓄满花香鸟语的信息砸下，会赢得阶石的青睐，万万没想到阶石最不缺的就是浸泡在时光里的信息。十年、百年的信息也只是幼稚的嬉语，何况只历经一个春秋的一片树叶。

  茶盐古道，并不是它对时间失去敏感。

  一条道路如同山水间的一根琴弦，踏上脚步，整根弦就有律动。可是，不知是谁的主宰，时光如刃把它截成一段段，抛弃在山野，这山一截，那山一段，断体的疼痛让它麻木，再也感觉不了四时更替。

  当它还能体会白昼与黑夜时，还会借着每一茬的荒草，把一年年的愁绪表达，还能仰望天上白云时，在空中寻找随它而来的乡村炊烟，指认着哪一缕是寿山苏家的，哪一缕是降龙韩家的，哪一缕是前垅村的，哪一缕是宁德蕉城吴山的……偶尔还会在风过树林的涛声里，追忆着曾经一路的繁华，骄傲着自己把山与海紧紧牵在一起。可荒草疯长，锁住它所有的视野，当它再也分不清白昼与黑夜时，时间于它那就是一个永恒的概念。

  古道闲下，不再追赶日子，深隐在山中，成了一条硬邦邦而又七零八碎、不与时间计较的根。

不与时间计较的风物就是老货。行走在寿山总会与老货相遇，老墙、老宅、老茶行、老客栈……老者喜欢说古，他们以各种方式留下话语，让当今的人为其代言。说，哪家祖上制茶发迹，开出一家又一家的茶行；说，一个叫刘岭亭的地方，就是一处连片的客栈；说，一个后生每次去往古瀛洲前，都要吩咐他娘烤一包香脆番薯片干，作为礼物赠给渡口客栈的老板娘；说，为赶一趟鲜黄瓜鱼进山城，挑夫们跑脱了胗。

这些老者的故事只不过是茶盐古道挑夫的担头礼，比起降龙村后山那片原始森林里的树木，它们又只是一场场演过的剧目。降龙后山的原始森林，每一棵树都活成精灵，它不喜欢记忆沧桑岁月，把自己活在童趣中，斜伸竖长，顺势而为，弯腰曲颈各展姿态，抱团的不嫌拥挤，独树的不言孤寂，每一株，树肤光滑，叶厚绿浓，活出一种永驻的清新。它不像村前的风水树，活得那么有神圣感和庄重感，更不像前墘的那株老柳杉，虫蛀雷击，枯枝腹空，以一层皮撑起所有的体面，活在时空里。

树再老，老不过地，地以各种形态布下一方山水生机的大格局。

造地者在各处都有精彩之笔。在鹫峰山脉的南北侧，她把群山组合成一尊仰卧向天的"睡美人"赠给了寿山，这一笔天地大美奇书，使得这方山水有了许多美景。前墘村的就有地母浣衣遗下的棒槌石，就有造地时遗下的罗经山，就有为美人叫更的公鸡石等。它们与时光同在，又与时光同行，正如白凌梯田中卧牛石一般，守梯田中的稻禾青苗，看着层层铺金的山野秋色。村里人说，耕牛日里耕田，石牛夜里耘根，所以白凌梯田年年丰收，如今产出粒粒饱满"好彭友"的稻米，牛！牛！

地老而时光不老，茶盐古道老而路不老，而今寿山四通八达，"好彭友"还搭上网络快车，走的路更远，更远。

寿山的时间确实从容，有大把大把时间为自己过日子。降龙村的一位大娘在村边竹屏前晒着冬瓜干，她说这是细工慢活，要有七八道工序，要晒上七八天，总而言之要有许多的七七八八，才能吃到一道冬瓜干汤。

细工慢活是生活的艺术，或说是艺术生活，寿山的生活，这个味浓郁。美食中的米烧兔、肠中肠，哪一样不是磨洋工磨出的？再说那乱弹戏，迈出一步，脚要抬举个老半天，后台打板的师傅都敲了好一阵子，嗒嗒嗒嗒，直到"汰"，才踩下一步。看戏的人也耐得住性子，且逢年过节要歇工看上两三天。还有就是那"硋"器的生产。采土，练土，揉土，拉坯，修坯，阴干，上釉，入窑，封窑，烘窑，烧窑，开窑。一道道下来，村里人的性子都被捏成柔软的土团。那个村就叫"硋窑村"，村中每堵土墙中夹杂的瓷器碎片，在阳光下一闪一闪，仿佛时光同它一样锁定在这里，不会再飞逝，村里的山中还隐藏着一口口的龙窑，岁月不仅在这里安家，还集聚成村。相传还有一道哥窑遗址没有被揭开，而留下谶语："哥窑深山匿，孪生来解秘。"村里人都想生个双胞胎，来发掘这个窑址，可后来有人说"孪生来解秘"不是双胞胎兄弟才能见到这哥窑，而是因为龙泉哥窑因弟妒哥艺，加害于哥，哥弃龙泉而远遁到硋窑村继续他的哥窑生产。如今村里依然耐着性子等待着揭秘。

一些朋友说，这里的人生活真的就是这样慢悠悠的吗？就说这米烧兔，不说养兔的时间，从宰杀，烧米熏烟，都要有一两天。看那肠中肠，一根猪肠了洗净后，还得套成圆环，而后又是煮草汤，才一起炖，多麻烦。店嫂子笑了起来，说："猪脚是焖得好吃，活儿是磨得才精，生活就是过日子。"那位朋友随即跷拇指称赞！

她边吃边体味着，嘀咕着，是不是时间都在这块地里旋转着，正如我们走着茶盐古道一样，爬上一条岭，翻过一山，还在山中。是的，山里的时间，都在山中，东升的太阳从"睡美人"翘起的脚尖那座山头升起,走了一天,才从她的头顶方向落下。村里晒太阳的人会说:"脚凉凉,腿温温,身子暖阳阳,发梢冷飕飕。"

虽说空间局限,可峰峦罗列,溪谷纵横,有了万千丘壑,再添地处三县交界,是江湖中最好的龙虎山,出山如猛虎,隐遁无踪迹。

当时光成为历史长河时,每一块地方也就有了许多历史痕迹。寿山这一个独特的地理区位,也就有了从茶盐古道走进的外来人物的故事。"硋窑村"的哥窑故事,降龙村的明朝建文帝逃亡到这里的传说,还有,闽东独立师革命者也来到这里,1933年在这里组建党支部和苏维埃政权,建立了中共宁屏第四区区委。东盘村还成了阮英平等领导人常驻地。这里还有石坊岔的战斗故事,就在前墘村还有城工部女共产党员的烈士墓。

红旗漫卷千山绿,古道遗韵亦铿锵。

空间为时间而设,时间又为历史和故事所备。寿山的时光长河,在时代发展的春风里,涌起一浪浪新潮,古老的一切在新潮里萌发生机。茶盐古道的老弦弹奏出新曲,徒步登山,越野寻根,这根弦又弹响的脚步声;白玉的古老溪流转身一变,成了皮划艇比赛的训练基地;古老剧种乱弹戏,把时光穿越;古老的"硋"器釉彩的光芒闪耀着泥土涅槃的灵光。

……

古老的寿山在时代的春风里,千山尽绿,清新遍野,成了清新寿山。从摆脱贫困的驻村书记,到乡村振兴指导员,一批批、一个个以新思维、新理念,给这里的时间标注上新刻度,在这个空间里写新的创业故事。普岭有了"富硒仙居"的新称谓,白玉有了"体育休闲基地""宁德市文学艺术创作基地"等新标识,降龙、白凌、前墘……一村一品,一同举起"清新福建,气候福地"的有福品牌。

时间不停脚步,空间随时萌新,茶盐古道的根味,如盐一样洒着每一天日子,如茶一般年年清新。

兰花开在古树上

——屏南县寿山乡采风侧记

◎ 范秀智

为深入贯彻落实党的十九届六中全会精神和习近平总书记关于乡村振兴系列重要讲话精神，贯彻落实宁德市第五次党代会精神，以文艺力量助力乡村振兴，弘扬"闽东之光"，2021 年 11 月 19 日至 20日，宁德市文联、屏南县文联、屏南县寿山乡党委政府、宁德市作家协会共同开展"扎根生活沃土、助力乡村振兴"走进寿山乡文艺采风活动。短短两天，我们循着贯穿寿山全境的茶盐古道方向，脚步辗转于不同的路上，高低错落的山路、布满青苔的石路、尘土飞扬的土路、宽阔平坦的柏油路……每条路都向远方无限延伸着，又在时间与空间的某个点交错，仿若经纬线命中注定的交汇。我们就在这些纵横的线与点上行进、栖止，从一时一地的片段里回望与思索。

一

从市区出发，车行不过一个半小时便抵达了采风首站——白玉村。刚下车，乡村振兴指导员李朋松先生就热情地带领我们走进这个青山绿水掩映的村庄，观看了一场精彩的陈氏太极拳表演，在挪挪挤

7

按的劲力中、阴阳互变、动静有道，刚柔并济、气韵鼓荡，观者无不静心凝神。四周青山静默、眼前溪水潺潺，一静一动间，竟也暗合了太极之道。

村道青石铺就，我们沿着白玉溪漫步。横跨白玉溪上的是两座桥，一座是新修建的木拱廊桥，一座是栉风沐雨的石拱桥，连接两岸，贯古通今。廊桥之下，白玉溪水道狭长，高低起落形成激流。2018年，福建省第十六届运动会皮划艇激流回旋赛在这里开赛，来自福建各地的85名运动健儿汇聚于此，在水流湍急的赛道上冲折、回转、过门、碰杆，展现运动之美和韵律之美，上演了一场惊心动魄的水上版《速度与激情》。如今，白玉村紧紧抓住这个契机，立足当地生态资源，以"皮划艇运动休闲特色小镇、户外运动爱好者精神家园"为发展方向，策划打造以皮划艇运动休闲为主题的文旅特色小镇，集运动、训练、体验、休闲、创意、康养和度假于一体，被评为"省级乡村振兴示范村"。昔日的贫困村走出了一条乡村振兴的希望之路。

站在桥上放眼望去，两岸是一栋栋新修建的青瓦白墙小洋楼，临水而居，古朴的吊脚楼则分布于白玉溪上游部分，依山而建，如同那两座廊桥一样，既现代又古朴，它们自然亲密地在青山绿水间簇拥着，像是慈祥的耄耋长者与蓬勃的而立青年并肩同行，而文艺也在此与白玉村携手并进。在书香飘逸的白玉村，宁德市文联创建了文学、美术、摄影等文艺创作基地，将文艺的资源和力量延伸到这里，让文艺家们近距离地感受与触摸它，让文艺的气息点缀和浸染这个美丽的村庄，也让更多的来访者在这里找到心灵的桃花源。市文联主席叶玉琳还为现场的文艺家、寿山乡和白玉村的干部群众宣讲了党的十九届六中全会精神，结合文艺工作，以润物无声的方式推动全会精神深入基层、深入人心。

花果飘香中，夜晚早早降临，但白玉的热情才刚刚点燃。采风团的文友们与当地的群众干部相聚白玉书屋，举办了一场精彩的歌吟晚会，优美的诗歌朗诵，悠扬的歌声久久地回荡在白玉的上空，也回荡在每个人的心中。

二

告别白玉村，我们启程前往中国传统村落降龙村。这是一座保存完好的古村落，背靠三衿山，房屋整体坐北朝南，历经百年的土黄色夯土山墙依旧高大挺立，房顶一排排黑瓦层叠错落，墙头翘角飞檐展翅凌空，街巷纵横交错、四通八达，整个村子格局独特、气质古朴。我们随着工作人员进入村子深处，踏在苔痕斑驳的石路上，走过一座座民居古宅、宗祠庙观、书院商铺、酒肆茶行……依然能清晰地察觉到降龙村昔日的繁华鼎盛。数百年前，古道漫漫，商贾云集，作为茶盐古道上重要节点，降龙村以韩氏宗祠为中心，四条主街巷上的行人终日来来往往、忙忙碌碌，有的买卖吆喝，有的闲话日常，有的讨价还价，还有倚门等待归人的婀娜身影，就像黑白照片突然着色，一切鲜活起来。眼前这些遗留的景观，连接了现实与想象，过去与现在。当漫长岁月以有形的方式凝固下来时，留给世人的，往往是无言的震撼、诗意的遐想和深远的追思。随着工作人员的解说，降龙的神秘引起了采风团成员们的好奇与询问。国内唯一活性存在的摩尼教文化遗存、沉棺之谜、皇帝崆、龙亭的传说，甚至这个村名的由来，都在无尽的猜想中产生了无数的可能。千年历史长河中，我们所知有限，站在此处看到的不过片段而已，但身在此处的体验再加上适当的想象，过去就会变得幽远玄妙。

带着迷思与困惑，我们抵达普岭村。一下车，迎接我们的便是一碗碗热腾腾的蛋茶。这是当地村民用老粗茶煮的，加了糖，冲了蛋花，滋补壮阳，喝下去，甜滋滋暖融融，心情也明朗起来。采风团一行人坐在风雨廊上稍作休息，普岭村乡村振兴指导员陈常见先生如数家珍地与我们讲起普岭一步步蜕变的故事：建设防护栏、凉亭、雨廊、廊桥、河滨步道，改善村容村貌，开发茶叶 200 亩、徐香猕猴桃 70 亩、黑炭杨梅 400 亩，引进两家茶叶企业，计划发展农家乐、避暑民宿……桩桩件件，都是关乎民生百姓的实事，都是暖人心聚民意的举措。走在干净整洁的村道上，我们看到沿溪而建的一栋栋双拼别墅，村民们三三两两聚在一起聊天闲谈，不时有爽朗的笑声传出，笑声里有对现在生活的满足，还有对未来的满怀期待。坐大巴车离开时，我们回望这个生机勃勃的村子，它静静地坐卧于青山绿水中，似乎等待着什么，也似乎见证着什么……

当天的最后一站寿山村，是屏南至闽东沿海茶盐古道的重要驿站，也是屏南内地与沿海经济贸易的重要纽带，于 2014 年被列入中国传统村落名录。寿山村现有明清建筑 52 栋，茶盐古道文化遗址 30 处，在这里回溯"挑回头"式山海经贸的那段历史，似乎顺理成章。明清时期，寿山村是外山小种的生产、制作和销售基地，小小一座村庄竟有 8 家茶行。在这里制作好的红茶质量上乘，可媲美武夷山所产的正山小种，经过考究的包装后褙以棉纸花纸，慎重盖上茶庄印章，由挑头带着一队队身强力壮的挑夫们，翻山越岭，风雨兼程，送至莒州（今蕉城区洪口），经三都澳、福州出港，从此缈缈茶香氤氲在万里之外的餐桌上，茶叶以它与生俱来的亲和温润，向另一个文明传递着中国独特的文化精神。

一入寿山，便看到牌坊上题写的"茶盐古街"4 个字，下面是挑夫与茶商的雕塑。我们走进目前保存最为完整的晋丰茶行。晋丰茶行修建于清道光初年，由大茶商苏兆尧家族创建，主体与民居建筑类同，屋前加盖木构廊厅与账房，方便茶农出入和检测茶叶品相，屋后添设茶叶加工厂房，正面设有茶叶仓库。虽距今 200 年，但磨损光滑的结算窗口、揉茶的木槽、炒茶的旧灶等依然还在，犹能想象昔日茶农匆忙进出、茶商验茶鉴茶的繁忙场景。从此处出发，挑夫们一头挑着山，一头挑着海，行走在茶盐古道上，用淋漓的汗水和不停息的脚步串联起了山海文明的交流互通。

天色擦黑，我们在曲折的巷子里穿行，最后来到苏氏祠堂。台上正准备着一出乱弹戏——《状元游街》。台上两位女子，虽未着戏服，但随着鼓点弦乐唱腔一起，凝眸抬眼、转身移步间，已经全是戏了。台上唱得沉醉，台下听得入迷。很多村里的长者坐在长条凳上，微眯着眼，神情专注。这场戏，于我们而言，是一场相逢；于他们而言，戏曲演绎里的忠奸善恶、人情世态是日常生活，维系着他们的悲欢喜乐，塑造着他们的精神家园。

车子平稳地行驶在柏油路上。但我的眼前，却闪过明清期间，在茶盐古道上走过肩负重担的挑夫们，在担头的带领下，汗水湿透粗布衣裳，仍咬着牙憋着劲，穿梭在崇山峻岭中，歇息在廊桥亭台下……抗战期间，古道上走过行色匆匆的交通员们，他们不惧风险、舍生忘死，以神秘的八音嗷语传递着无数的紧急情报，为战争胜利做出重要贡献。如今，这条古道被中国登山协会设立为国家级健身步道，一群群挥汗如雨的马拉松健儿们，昂首挺胸地健步行走着，四周是重重叠叠的青山、苍劲葱郁的古木，见证着寿山村一次次的蜕变与新生……

三

白凌梯田的美名早有耳闻，还未到，采风团众人都已畅谈开了。可惜我们没能赶上最好的时候，在微风中似波浪起伏的稻禾已经收割完，只剩秸秆、杂草在风中摇摆。但青绿仍在，覆盖在地面上为大地着色。白凌村因地势高，又是山谷地貌，层层叠叠的梯田之上、高低起落的山谷之间时有云山雾海的奇观，吸引了无数的摄影师前来拍摄。这里的山川草木经过摄影镜头的选择与过滤，皆成美景，每一种美都触动人心。而白凌村也借此东风，开荒造田，集中打造集摄影、观光、旅游为一体的休闲基地，向世人展露它的美好。我们站在梯田的高处俯瞰，在青山环抱下的白凌村微缩其中，与村口的两棵银杏树静候着四季轮转、日月交替。

闽东是山海之地，海的美丽奇幻几乎全落了在霞浦，山的厚重安宁偏偏给了屏南这个小县城。而落在这大大小小山坳里的前乾村以"奇山怪石"而闻名，天柱石、罗经石、顽熊石、牛蹄石、公鸡寨、大力神杯……在漫长时光的雕刻下，这些石头渐渐有了独特的名字，也有了数不清的故事，传奇的、浪漫的、朴实的……都与人有关，与祖祖辈辈的憧憬与向往有关。前往公鸡寨的路正在修整，路面尘土飞扬，一路颠簸驱车到山脚。脚底厚厚的落叶不知几经春秋，头顶是虬枝盘曲，只有一条狭长的石阶路蔓延到山林深处。攀至终点，雄伟奇特的公鸡寨矗立在眼前，头颅高昂的雄鸡，似乎正迎着朝阳报晓，"雄鸡一声天下白"啊！文友们纷纷与这奇观合影，兴致勃勃地探讨着造物之主的奇巧。

快出山口时，带路的当地干部突然指着一棵百年老树对我们说："你们看，这棵百年老树上开着一株兰花呢！"我们惊讶地抬头，透过光影，真的看到一株清雅的兰花缠绕着枝干，在葱郁的树叶间兀自绽放着。年轻的村干部笑着说："我们把这个叫兰花开在古树上。"简朴却贴切的话语，放在此处此景，却又含蕴深远。

从百年历史走出来的寿山乡，不就是这棵苍劲挺拔的古树吗？经风雨侵袭，根系却越发遒劲，它深深地扎根在这片土地上，融入寿山人的呼吸血脉中，成为寿山人的魂。为了生活，他们曾挑着重担艰难跋涉，用脚步丈量一寸寸土地，漫长的茶盐古道随着他们的行走慢慢延伸出去，带着憧憬走出去的寿山人挑着希望又走了回来。而今的寿山人，依托着深厚的百年历史底蕴，秉承着先辈们坚韧不拔的精神，以"发挥绿色生态优势，打造美丽清新寿山"为发展战略，整合茶盐古道文化旅游资源，对古道全线进行开发，打造生态旅游、摄影基地、休闲基地、康养基地等项目，重新书写"梦里古道、清新寿山"的美丽诗篇，为未来的幸福开辟一条崭新而宽阔的康庄大道，如同那朵开在古树上清新淡雅的兰花，正以最独特的姿势精彩绽放！

散 文

梯田情结白凌村

◎ 唐　颐

因为半个世纪前当过"知青"，我的"广阔天地"就是一层一层从山脚盘绕到山顶的梯田，多少个春夏秋冬劳作于此，耕耘收获，苦乐自知。所以后来，每遇见梯田，总有一种见到第二故乡的心情。

辛丑立冬季节，我们一行文友前往屏南寿山乡采风，中巴沿着蜿蜒向上的村道行进，云雾缭绕之中，一个拐弯，久闻大名的白凌梯田突现眼前。尚未下车，便感觉似曾相识，白凌，作为一个小村庄，被挤在一大片梯田的右角落。这样的画面，与我当知青的地方，也和闽东山区许许多多的村落何其相似，不禁想起著名作家叶辛叙写知青小说《过客亭》中的一句名言："山坡是主人，人是客人。"

是的，白凌村彭氏始祖在元朝初年开垦的千亩梯田今犹在，而村庄里的元朝老厝只留下一处断壁残垣，幸哉！清末民初的老厝得以保护，成为主体建筑，至于耕作梯田的农人，一代又一代，兴盛与衰弱，屈指已算不过来了。

从白凌村横向出村，沿着一条大田埂行走，约 200 米之后，即可伫立这片梯田中心位置，上下俯仰，左右顾盼，寻找发现白凌梯田之美。我以为，恰似"深闺美女"，有大美。

白凌梯田美在大气磅礴与小巧精致相互辉映。彭氏祖先依山造田，颇有"跃上葱茏四百旋"的风采，一丘丘，一条条，像是一条条小龙，竞相游走，互相穿插，奔向远方。我们来访之日，秋收已过，梯田只留稻秆头，七歪八倒，田埂枯草萋萋，一派衰败景象，但"龙身"仿佛更加苍劲，沧桑韵味更足。由于山高坡陡，这里的梯田最大的一块不超过一亩，大多数长而狭小，因此田埂密密麻麻，造就了小巧玲珑的水田，精致神奇的曲线。

所以，远眺，大气磅礴；近观，小巧精致。

这里流传着一个形容梯田小的笑话：一个地主要长工当天必须插完108块水田秧苗，长工劳作一天，数来数去，只有107块田，怎么也找不到最后一块田，只好抓起地下棕衣准备收工，猛然发现，第108块田被棕衣盖住了，因此有了"棕衣盖过田"的笑话。但这个笑话闽东山区许多地方都说是自家产物，还有流传下来的俗语"一碗斋饭要装几丘田""一只青蛙跳下几丘田"等，皆为经典。

白凌梯田美在四季皆宜与神秘莫测相映成趣。此地800多米海拔，春天，大小水田如明镜映天，天光云影共徘徊；夏至，禾苗在风中摇曳，绿浪滚滚，青翠欲滴；入秋，稻穗飘香，层层金梯连接天边；隆冬，每逢瑞雪漫山遍野，就是条条银龙静卧待飞。若是雨后天晴，峡谷升腾云雾，便有"云海上的梯田"美誉；若遇夕阳晚霞映照，层层梯田与小村庄金光闪闪，恍惚是童话世界。村民还会神秘地对你说，散落在梯田之间的一块块黑色岩石，就是一个个田螺壳，藏在里面的田螺姑娘经常在农忙季节脱壳进村，让一缕缕炊烟袅袅升起，等待着辛勤劳作的夫君回家。

白凌梯田美在自然与人文相得益彰。白凌村原名白禳溪，位于宁德霍童溪水路进入屏南陆路的茶盐古道上，现存有清末民居二三十幢，皆土木结构，乌瓦翘檐，未经粉刷的夯土墙古朴厚重，古道旁商铺相连，杉木门板斑驳晦暗，无不烙上历史沧桑痕迹。有一幢古厝，大门匾额题写"书田"二字，两旁对联"文光直射斗牛，门第堪容驷马"，传递着耕读传家之意，也透露着成就功名的豪气。"崇灵宫"则是一座古建筑，虎马将军传说让人印象深刻。宫厅正中供奉陈靖姑，虎将军、马将军分列左右。传说虎将军名周虎，马将军叫马扎，两人妻子皆因难产而亡，他们拔剑自刎，随妻而去，死后变成专门保护妇女儿童平安的神灵。远近村民崇敬虎、马将军，若自家孩童体弱多病，就领到崇灵宫拜认虎、马将军为干爹，期望日后健康成长。每年农历二月初二，这里香火最为旺盛。

村庄旁有一片风水林，现已开辟为"龙山公园"，几十株古树名木是白凌村珍贵的自然与文化遗产。银杏、红豆杉、钩栗、柳杉，都是几百岁的老者；有一株银杏王，主干两侧各长一株小树，就像两个孩子依偎在母亲身旁，诠释着孝敬与关爱的故事。有一株高大的皂荚树，老态龙钟亦生机勃勃，结出的皂荚果挂在枝头，无人采摘，毫无怨言，仍然坚持年年开花结果。古树名木们就像一个个老军爷，坚守各自岗位，呵护着近处村庄和远方梯田。

村庄最高处的古厝，高墙之上留有枪眼与炮孔，后院有硕大条石嵌砌的饮水槽，想必当年是大户人家。一个年近古稀的彭老伯在门前空坪翻晒番薯粉，与之攀谈，谈的皆是梯田耕作，他如数家珍，我如遇故交，两人竟将一年四季农活复述一遍——

新年伊始，草木复苏，梯田的首次耕作谓之"锄田"。锄去旧田埂的草，制作新田埂，还要在每丘田的四周挖出水沟，以便犁田时，犁出的第一叶新泥翻卷到水沟，依次犁出平整整一丘田。制作新田埂是体力活更是技术活。首先，把田里水排干；其次，用锄头削去老田埂的旧草皮，应削成往里倾斜30度的角度，以便制作新田埂的软泥依附牢靠；第三，掘一大坨一大坨带有稻秆头的软泥盘上旧田埂，注意间隔，并将稻秆头斩入泥中，再掘上一些软泥遮盖完整；第四，用锄头将软泥塑形，塑造成有棱有角的新田埂，既要防渗水，又要美观；最后，在新田埂上开一个适中的排水口，锄田工作便大功告成。

新田埂干了之后，"砍塝"的农活又开始，即用一把长柄砍刀，将梯田塝壁上长出的杂草连根劈掉。那砍刀极像冷兵器时代关羽所用的"关刀"。踩着尚未长出新草的田埂，柔软富有弹性，脚掌心很舒服，挥舞着砍刀，躬腰前行或后退，将脚下塝壁杂草连着泥削去，泥土要削得不厚不薄，恰到好处。有的梯田很高，站在田埂削不到底，还需涉水田中往上接着削。遇上石头垒的塝壁最为吃力，消除石缝中的杂草，需要用砍刀尖角去抠，然后用手去拔。

经过锄田和砍塝的梯田面貌焕然一新，新田埂犹如一条条银龙飞舞，每一丘田都蓄上新水，在春日里银光闪闪。而后犁田、耙田、插秧，待到禾苗盈尺，再用九齿钉耙耘田，下肥，接着便可等候秋收了。

彭老伯告诉我，随着外出打工的人越来越多，村里耕作梯田的人越来越少，掌握梯田精耕细作技艺的人更少，梯田得不到善待，衰败甚至荒芜，令人痛心。幸好阳光慈善公益基金会在这里承包了梯田，恢复了传统耕作技艺。现在一到农忙季节，许多打工者返村，耕作梯田，既增加了收入，又保护了梯田。

寿山乡长小周介绍，2021年6月，阳光慈善公益基金会和寿山乡政府共同发起"同沐阳光下，心耕万亩田"的乡村振兴项目，开展了"认领一亩田"活动，白凌梯田被认领100亩，增加村财30多万元。

秋收季节，上百名"田主"与宾客欢聚白凌村，大家挽起衣袖，扎紧裤腿，踏入梯田割稻谷，挖番薯，采摘蔬菜，尽情挥洒汗水，体验农耕之辛劳、之乐趣。更令人高兴的是，白凌梯田生产的单季稻米，注册商标"好彭友"，已经成为畅销商品。

据专家考证，中国梯田大规模开发，至少有2300多年的历史，堪称人力改造大自然的杰作。有一位来自雕塑大师罗丹家乡的法国博士为之赞叹：这才是真正的大地艺术，大地雕塑。

梯田有大美，大美来自人类辛勤耕作，精心呵护。有理由相信，白凌梯田在乡村振兴事业中，愈加美不胜收。

福寿绵长（外一篇）

◎ 陈巧珠

古道如延寿，朝阳似福临。秋日的阳光中，我穿越在寿山乡群山健硕的肌肤上，沿着白玉村、前墘村、降龙村、白凌村茶盐古道的脉络不断走向根深之处。万物同源，古道上一阵又一阵风掠过，古道的气息也随着这一股股风浸沐了我。头顶上的天空是一个无限逼近却又无法抵达的虚点，犹如此刻到明初寿山乡有所记载的 500 年历史，脚底下的土地则印下追求福与寿人的足迹，一代一代，延绵不绝。

其实不管历史是否记载，寿山一直幽居于屏南县的东南部，与蕉城、周宁、政和相邻相伴。不管你来或者不来，寿山以天干、地支组合的印章，把年年的福气封存在这里。

此时，我将自己安放在晨色中，以不停息的步伐来展示内心的安宁。一场无需预约的造访，同样能让你一饱眼福。晨起的秋风微微掀起寿山乡浓墨重彩的一角，我朝大山的深处窥探，一幅长轴画卷不断向前延伸，远处或者更远处有亿万年前火山爆发时或者是地壳运动中形成形态各异的山石，人类也是这场变动的参与者，无尽的想象力赋予了这些山石的名字：蘑菇岩、鸡公寨、天柱石……让你不禁感叹大自然无穷的力量与造物者的鬼斧神工。近处有金灿灿的稻田向上层层递进，橘红色的柿子挂满路边的枝头，几只小鸟站在枝头啄着柿子，

19

听到我的脚步声它们警觉地从枝头飞蹿而去。我抬头望了望蔚蓝色的天空，几朵白云装饰着空间的空白，拿起手机随手一拍，每一张都是经典的电脑桌面画与手机屏幕图，挥挥衣袖，虽然什么都没有带走，但极值的历程何尝不是一种收获？福也许就是这样简单，到了寿山，凝神中与山水相望，福就守在一棵树上，一块石头间。

漫步于古村小巷深处，一切深邃而又遥远，老屋的屋顶由青瓦铺就，青砖镇守，飞檐斗拱层层拱卫，有寓意吉祥的木雕、历史典故的石雕、五代同堂的匾额、写着福临门的楹联，门口还有彰显家族荣耀的旗杆石，各种精雕细缕装点着时间与空间的维度。有的虽然残败仍不失精美，有的大门紧闭，可高高的马头墙仍然守护着一段老时光。不远处石坊岔的贞节牌坊，经过岁月的洗礼，仍不失庄严与静穆。一切就这样一代一代传承下来，这些生活中的日常，就像一根无形的情愫连接古今，寿山的先祖们在这片山野中筚路蓝缕，开疆阔土，修建茶盐古道。曾经的日子，他们迎来新的生活，而今走进这里的人，见到这一切，会情不自禁地说："真是有福的人，老祖宗给你们留下这么美的老宅、古道！"是的，前人栽树，后人乘凉，祖辈们种下福田，福泽代代。福，寿山把福守在从古道走进走出的老村中。

百年前的老宅烟火味浓郁，每一片黛瓦的成色中透着灶头熏出的油烟味。民以食为天，一个家的历史天空就在这片瓦间。老宅、古灶、美食，让成长在这里的人享了口福。如今，这一口福又分享给走进寿山的人。寿山传统手工制作而成的番薯粉条，传统风味的炒年糕、炒米粿，各种青草炖罐摆满了长条木桌。记得我刚到寿山乡的那天晚上，一个老旧的小吃店，老板端上一碗热气腾腾的青草套肠汤与一盘炒米粉，散发着明清时期的古早味，让我一饱口福，至今回味。福，寿山的福，就守在那一味味美食中。

守福是为了享福，寿山人在享福中不断地造福，造生活之福，造精神之福。乱弹戏的传承，就是寿山代代相守和再造的精神之福。那种从雅部到花部的唱腔，从风雅到通俗的道白，娱乐这方人，伴奏用的是板胡、唢呐、月琴、锣鼓，开场时齐刷刷合鸣，召唤着人们的精神走向每部戏文中。台上唱的是戏，台下听的是情感。说是乱弹戏，其实一招一式、一腔一调，唱念做打，都有板有眼，中规中矩。《三进士》《武家坡》等曲目是常演的，乱的是古戏今唱，古人今演，让看戏的人有福穿越在时光的长廊中。

是的，数百年历史浮云飘过。曾经的中国也在历史的罅隙里打了个盹，清朝时期，西方列强扛着枪，开着大炮远渡重洋而来，清王朝腐朽的大门虽然紧闭，却经不住来者的重拳一击。一群貌似文明的西方人开启野蛮疯狂的掠夺时代，源源不断的茶叶、丝绸、瓷器从寿山乡的茶盐古道出发，途经蕉城的莒州，在三都澳码头稍做停顿后运往大西洋的彼岸。历朝历代所有的战争与饥荒，始终紧密相连，兵荒马乱中，寿山人依靠在茶盐古道上洒满血汗，赢来了一代代日子。古人说，金福银福不如得子福。有了这条古道，寿山人代代得福。

顺着远去的背影看历史，转身顺着历史看如今。如今的寿山青山绿水守住福，凭智慧造出福，跟着时代创大福，正如戏台上唱的"檀板金嗓歌盛世，寿山福海庆升平"。寿山因福得福，捧回了福建气象学会、省旅游协会联合评选的首批"气候康养福地"品牌。寿山乡党委、政府，立足资源优势，建"造福工程"为百姓居福，建"康养工程"让百姓福享安康。修公路、建公园、建广场，开发旅游项目，让天下有缘人共享寿山之福！

坚固与绵长

人，一走进大山就变渺小了；流水，一遇上石头就变得柔软了。渺小与柔软，正好感受浩瀚与绵长。几万亿年的历史支撑起大山的高度，时间见证着岩浆喷射出山体，瞬间凝固成坚硬的石头，凝固成形态各异的生动想象。

前墘村就隐匿在大山深处，她安静地待在屏南、宁德与周宁边缘的一个洼地。时光汇聚到这里就变得缓慢了，田野间的牛走得慢，白云慢悠悠地飘在天上，土地里看不出草木一天天地生长，然而一切都在默默变化。人们一抬头总能望见，山脉簇拥着各种奇特的、不同造型的巨石，它们一同串联起前后几万亿年的时光，谁也不知道山上的石头是什么时候出现的，谁也无法预测它们的未来。可人们喜欢相传那座罗经山测下一个村庄的到来，喜欢说起一块块遗石留下的故事。

进山的人们常常对着它，边说边比画：这是鸡角岩、冬瓜岩，那是棒槌石，还有石龟岩、鲤鱼岩，并且赋予了这些石头许多奇奇怪怪的传说。那根兀自站立于天地间柱状的石头，身体有着不可思议的纹路与意味深长的岁月留痕，说是地母浣衣遗下的棒槌，幻化成石。还说什么乌龟和鲤鱼相商共登天门，鲤鱼跳跃快，乌龟爬行慢，又眷恋故土，一步三回头依依不舍，鲤鱼只好停下等待。等啊等啊，天都渐渐亮了，可乌龟只爬到山脚下，双双误了开天门的时间，无法了却登天门成仙的夙愿。石龟与鲤鱼就此留在罗经山的茶盐古道上，守护着来往行人的平安。可是这些石头却毫不在乎别人的指点与评价，静静地守着时间，它们沉浸在自己永恒的沉思中。

有人说，人类的历史是从虚构开始。他还说，虚构的意义不是人类只拥有想象，更重要的是可以"一起"想象，如果没有这样的想象，我们就不可能彼此认同，也不可能进行有效的合作。于是，人们从石头身上展开各种想象，这些想象让前墘这个不足 500 人的村庄，在为了生存而劳累之余，聚集在村头或村尾，讨论因为想象而衍生出的共同话题，这些话题填充着前墘村人的闲暇与空缺，填补着时间留在老人额头的沟壑。

有了想象，村庄就活了，可以上下穿越几千年。有了史料，村庄就有了根脉，甚至连飘向天空中的炊烟也能找到根源。据前墘村韩氏族谱记载：明洪武十一年（1378），韩七公、韩八公、韩十二公迁居到此开基。至今韩氏家族在这片土地上主宰了600多年的时间，这足以让前坪村披上绵长的历史光芒，就连路边的枯木，断折处生长出的蘑菇也有了图腾的样子。

村子右前方是"茶盐古道楼岔"关隘，茶盐古道将大山深处的呼吸与大山外的气息连接在一起，让生命的气流相互沟通，一层一层石阶将这里的足迹与外界的足迹重叠在一起。

走动与通络是生机，坚守与停歇是生机的蓄势。

前坪村虽然与外界互通互动，可周围层层拱卫的山脉为前坪村留下自然的大地围城和生存空间。峡谷和各种奇石产生的山体肌理，让外来的一切在这里迂回，化侵为用，化险为夷，化凶为吉。正是有了这样一个天然屏障，革命历史时期这里成了驻防要地，茶盐古道上遗留的建筑物又成为闽东独立师革命根据地。

山水给人以生存的财物，也教给人生存智慧。村边的古厝，是红军游击队经常开会的地方。为了安全，古厝特意做了改造，厅堂前的走廊挖掘了通往厝外的暗道。遇到敌人搜查的紧急时刻，革命游击队就从暗道疏散到后山，进入茫茫山林，敌人不知有此机关，常常扑空。

1945年12月，闽东地委委员、闽东人民游击队负责人黄垂明和陈邦兴率领游击队，开辟以鸡角寨为中心的根据地。面对敌人的残酷、野蛮清剿，革命游击队在冬瓜岩下的深林里设立红军厂，旁边有溪涧，可取水做饭。山脚下是万丈悬崖，敌人即使发现，也无法上山。悬崖下开辟一条小道通往周宁、宁德，利于随时撤退。在与敌人长期的战争中，革命游击队与当地群众水乳交融，并留下许多佳话。村中老者在回忆中喃喃说道："红军游击队人很好，帮助百姓种田，向村里的群众借东西都写着借条。"前坪村不仅地势易守难攻，革命游击队还得到村里百姓的拥护，就连这里的风都裹着寒刀扑向敌人，路边坚守的大树，满身的树枝都是伸向天空的触手，剑拔弩张地睥睨着远处的敌人，这些都成为闽东独立师革命取胜的关键。

曾经的一切都将成为历史载入史册，前壕村在没有文字书写历史之前，村中水尾那两株并排而立的红豆杉已经有了它们的历史。其中一株不知哪年哪月身体被雷电劈去一半，另一半身体依然坚挺地活着，在截断处倔强地长出两根粗壮的分枝，每年秋冬季还结出红色的果实，见证着前壕村的历史与现在，还有未来。

我走进前壕村，穿梭在不足3米宽的村中小巷，一家老厝前院堆着凹凸不平的土堆，任凭自由起伏着，墙角另一处搭着木架，上面长挂满了瓜果。我的目光停留在一户废弃的宅院前，一对石雕的祥瑞之兽依然守护在门口，保留着人们的敬仰。夜晚，村头村尾灯火明亮，有的踩着音乐节奏跳起广场舞，有的三三两两聚在一起聊天，他们如今不再为了生存而劳累，但依然在讨论着共同的想象，他们讨论的话题比以前多了，比如在县城里，或者更大城市生活的孩子们又给他们购置了什么生活用品。过年孩子们回来，不再走茶盐古道，而是开着小车，甚至有的说孩子们准备回乡创业。

村子与以前不一样了，巷子整洁了，新楼也多了，山上的草木更加茂盛了。那些石头成了游客们的风景，成了摄影机前的"生态名模"，借着他们按下快门走向了大江南北，固守的石，走得比想象快，远古赶不上的天门，如今次第开放，也引来了一批批游客，来到这山旮旯，瞻仰伟大红色历史，感受自然固守的绵长时光。茶盐古道虽不再行走大地，可它成了走入人心的风景。

红色记忆说寿山

◎ 刘少辉

前一段时间，专门抽空看了《中国现代短篇小说选》，对里面描述的地主对农民的重重压迫感到惊讶：租地地租按三七开，农民种地只得小头的 30%，而地主需得 70%；借债利息按 4 分算，最低也得 2 分多。此外，还有各种苛捐杂税，如民团捐、救国捐、剿共捐、塘堤费等。农民即使丰收，除去地租以及各种苛捐杂税，已所剩无几。在如此严酷的压迫下，农民走投无路，只有奋起反抗。

闽东革命从 1932 年 9 月兰田暴动算起，至 1949 年，整整经历了 17 年历史。其中辗转各地，屡仆屡起，事迹特别感人。在这些辗转中，屏南寿山乡是一个重要的据点。我们知道，闽东苏维埃政府自 1934 年 2 月在福安柏柱洋成立后，即引起敌人的注意。1935 年 1 月，敌人纠集了 10 万兵力驻扎赛岐，对闽东红军进行围剿。随后，闽东红军在柘荣西竹岔与敌人进行一场大规模战斗后，为转移敌人视线，即进行分兵，一团人马由马立峰率领向福安城阳方向转移，二团人马由叶飞、阮英平率领向屏南方向转移。一团人马由于叛徒叛变，马立峰英勇牺牲，遭到失败；二团人马在叶飞、阮英平率领下，终于在宁（宁德）古（古田）屏（屏南）一带埋伏了下来，因此才有了后来闽东红军独立师的发展壮大和屏南棠口新四军老六团 1300 多人的誓师北上。这其中，位于宁古屏一带的寿山乡无疑发挥了巨大的作用。

据说，闽东革命时期，闽东地下党建立起了四条交通线，经屏南寿山的就有三条，这些交通线为保障当时游击战争的胜利，立下了不朽功勋。

我们到寿山乡采访时，只见峰峦林立，森林密布，要不是已经通了公路，峰与峰之间虽可看见人影，但要走近，非半天时间不可，深感在当时的交通条件下，这里确实是开展游击战的好地方。而且岩穴耸立，暗道分布，也是红军藏身的好场所。我们到前乾村鸡角寨采访时，村民就告诉我们，鸡角寨是红军的据点。1947 年，黄垂明、陈邦兴率领的福建民众自救军第二支队，就在鸡角寨成立，重要会议也在鸡角寨召开。现在，鸡角寨已开辟了旅游栈道，人可攀缘而上。站在鸡角寨顶端，看脚下一片丹霞地貌层层展开，犹如武夷山的风景，难怪栈道工程还没完工，已是游人如织。

其实，早在 1932 年底，闽东党组织就已派林公弟、吴基现等人，秘密来到寿山乡的前坪、岭鼓楼一带活动，革命活动迅速蔓延寿山乡各村。1933 年 8 月，闽东革命领导人阮英平、范铁民、颜阿兰等在半岭自然村组建党支部和苏维埃政权。1934 年 9 月，阮英平、范铁民在半岭自然村组建了中共宁屏第四区区委，发动贫雇农组织农会，率领群众开展"抗租、抗债、抗捐税"斗争。这些先期的活动，为后来闽东红军独立师的进驻和开展活动，打下了坚实基础。1936 年 5 月，闽东红军独立师第一纵队就在寿山乡东盘村召开工作会议，研究抗战问题。东盘村是当时闽东红军独立师的主要据点之一。

由于时间紧，两位女红军的墓还没去细看。据说这是来自武汉的两位女学生，1947 年牺牲在这里，村民们把她们掩埋在山上，每逢清明，都会到山里为她们扫墓。这里，还有一处红军峒，也是红军当年藏身的地方，可惜由于时间限制，也没有来得及细看。

寿山乡还有三位英雄人物值得记述，他们是陈国祥、苏正田和彭方操。1935 年 12 月，阮英平率领闽东红军独立师第二纵队返回屏南根据地，向潘美顿医院购买药品和医疗器械，遭到院长拒绝。红军和屏南游击队占领医院，缴获大批药品和医疗器械和其他物资。棉被和粮食分给棠口贫苦农民，药品和医疗器械运往周宁碧岩红军后方医院。走茶盐古道至寿山石坊岔时，遭到国民党省保安团一个连和屏南警备队的截击，双方展开激烈枪战。屏南游击队抢占有利地形，掩护闽东红军突围，顺利将药品和器械运抵后方医院。屏南游击队因寡不敌众，撤出战斗。撤退时，队长陈国祥身负重伤，落入敌手，押解途中，被其部属救出，藏在一瓦窑里疗伤，后因消息泄露，敌人包围了村庄，为救群众，他挺身而出，怒斥敌人，再次被捕，经严刑拷打，始终守口如瓶，于1936年1月25日壮烈牺牲。为纪念这次反"围剿"的重要战斗和英勇牺牲的红军游击队员，群众将寿山坊岔亭改名为"纪红亭"。另一位是寿山村的苏正田，他于20世纪30年代初就加入了党组织，积极从事秘密革命活动。1935年底，国民党反动派对革命根据地展开疯狂"清剿"，苏正田不幸被捕，敌人严刑拷打，他严守党和红军游击队的机密。敌人得不到任何情报，就在他身上绑上石头，坠入金造溪深潭溺死。同样被残酷迫害致死的还有白凌村的彭方操，他被捕后，被押往霍童，受尽酷刑坚贞不屈，敌人在他身上缠上棉花泼上煤油，他被活活烧死。

1947年，由于中央派回来的闽浙赣区委常委、军事部长阮英平失踪，曾引发了福建城工部事件，许多人被叫到山里开会，就此牺牲，此事影响巨大，虽然1949年后进行了平反，但对革命带来的损失是挽救不回来的。我大学毕业后，有一段时间在地下党办公室工作，对此事有所了解，据说此事也发生在屏南寿山乡一带，但问村民，他们一概不知。

寿山乡以其独特的地理位置，优越的山地环境，为闽东革命提供了近20年的庇护，为新四军老六团的成长，为闽东革命的胜利，做出了应有的贡献，功在史册，永不磨灭。

一片树叶的寿山

◎ 郑承东

一

1929 年 9 月 2 日，三都岛湛蓝的秋天迎来了福海关第 72 任代理税务司——英国人威勒鼎赴任。

1899 年，清廷为了偿还外债而设福海关，正式对外开放，福海关税务司一直由英国人直接掌管。在此之前，威勒鼎曾任岳州关帮办、长沙关税务司、汕头关税务司和梧州关代理税务司。有所不同的是，福海关是清朝唯一一个因为茶叶出口贸易而设的海关。

威勒鼎的妻子玛丽·伊丽莎白是丹麦和中国的混血儿，带着 3 个孩子一起来到了三都岛，住在福海关公馆。玛丽·伊丽莎白不仅继承了中国女性内敛的性格，同时也有西方女性特立独行的个性。她在公馆内还养着"宠物"：鹿、豪猪、鹈鹕、狐狸，甚至还有一只黑猩猩和在本岛捕获的华南虎幼崽。那时的中国人还没有"宠物"的概念，所以岛上人都叫玛丽·伊丽莎白是"巫婆"。

岛上最喧闹的季节是每年的春夏之交。1930 年清明一过，宁德的天山绿茶、外山小种便一船船集中到三都码头再转运到福州和上海。从早到晚，岛上都飘逸着茶叶的清香。"茶季到，千家闹，茶袋铺路当床倒。街灯十里亮天光，戏班连台唱通宵。上街过下街，新衣断线头，白银用斗量，船舶清凤桥……"这首闽东民谣是当年宁德清明茶市的写真。因此，这个时节也是威勒鼎和他100多名福海关雇员最忙碌的时候。而他的妻子按维多利亚时代的习惯，孩子是不需要她照顾的，平时她也只有在一日三餐时才能见到孩子。她的岛上时光除了关照她的宠物，那就是和稽查长的太太、帮办的太太一起在公馆前的草坪上喝下午茶。那时的英国人喜欢喝下午茶已经到了痴迷的地步。不仅宫廷，平民也喝。伦敦街头就有几千家茶馆。当时在伦敦街头流传着这样一首民谣"每当伦敦钟敲响下午4点，世上一切瞬间为茶而停下。"伦敦的舌尖垂涎于来自神秘东方的两种红茶：一是产于崇安县星村镇桐木关的正山小种，还有一种是仿制前者，产于政和、坦洋、古田和屏南等地的外山小种。

当玛丽·伊丽莎白优雅地端起景德镇青花瓷茶具，品茗着正山小种或外山小种特有的浓香时，她无论如何都没有想到，就在这午后，从三都澳沿霍童溪溯流而上，100多公里的山坳里有个名叫官寿兜的小山村，明清建筑层叠错落，七八个茶行正忙碌地赶制着春茶。在一个叫晋丰茶行的后厢加工厂房里，一箱箱屏南产的外山小种正在装进铁皮箱里，外套木箱，褙上棉纸和花纸，然后印上"晋丰茶行"4个字，再套上便于挑担的竹编篓筐。茶行外，一队挑夫正等着老板的召唤。那时，屏南的挑夫有上千人。他们有固定的合作伙伴，身强力壮、德高望重的挑夫自然被挑任队长，称为"担头"。半夜三更，这队挑夫们喝上一碗壮阳气的蛋茶，腰别着饭袋和一壶黄酒，挑着百来斤重的茶担竹篓筐，沿着村间狭长弯曲的石板道踏上了近百来里的路程。

宁德依山傍海，大起大落的地貌特征造就了山与山之间、山与海之间直线的海拔落差，算是"蜀道难，难于上青天"的南方版。从屏南到宁德的古道，除了雨雪风霜的变幻，不变的就是海拔落差 600 余米的挑战。登岭时，后面挑夫的脑袋碰着前面挑夫的篓筐。清明后多雨雾，青石板台阶更是湿漉不堪。遇到下岭，重力全在小腿后跟止滑。沿途无数的短亭、廊桥成了最好的停歇地，累了，或被雨打湿冷了，喝上一口黄酒，继续赶路。他们就这样风餐露宿，跨过白凌、前乾、门楼岔，再进入宁德地界的吉垄、登岭头村，最后到达蕉城霍童莒州时，已是第二天的夜晚或第三天的凌晨。

莒州是位处霍童溪峡谷与屏南、政和及周宁交接的"边城"。吊脚楼似的村落层层叠叠。周遭群峰插天、四壁皆石、无土可耕。往东北是莽莽青山，往东南船运到霍童溪至宁德三都岛。因此，莒州成了闽东北茶叶、食盐与海货的集散地。从村口尹公宫伸出的临溪戏台，依稀斑驳着曾经的繁华。屏南挑夫经过两天的长途跋涉，到莒州卸下担子，马不停蹄又要为雇主采购食盐、海货，有的甚而到宁德或福州为雇主采购。端午前后，是宁德黄瓜鱼的捕捞旺季，屏南雇主们为了吃上赶鲜的黄瓜鱼便出高价雇挑夫。为了保鲜，则需要两个挑夫轮流挑，风雨无阻，常有挑夫过劳死的事。而那挑工价则是每 10 里（5公里）3 角钱。

莒州的男人们则世代以船运为生，他们甚而练就了"独木冲浪"水上放木绝技。每年的清明或端午节前后也是他们最忙碌的时节。清明前，莒州商贩要备足食盐、海货或赶鲜的黄瓜鱼，以供屏南、周宁或政和来的挑夫采购之需，莒州的船夫们便要从三都、宁德沿着霍童溪逆流而上，遇到水濑处则要下船拉纤，号声阵阵。清明后，蜂拥而至的挑夫与茶担则令莒州盈香满峡。在戏班的吱呀声中，莒州的船夫们在水运码头把屏南小种装上民船，经霍童溪顺流而下，直达三都，经福海关验关后，再转口海运到福州、上海出口。

文明之间的交流向来是推动历史发展的重要力量。中国是世界上最早发现、并利用茶与世界交流的国家。神奇的茶和浩瀚的大海，把屏南挑夫的强悍冒险、莒洲船工的纤夫号子、三都岛上白人贵妇的优雅做派和伦敦街头的几千家茶馆对于东方红茶的痴迷奇妙地链接在一起。

当屏南的挑夫们以 10 里每担 2 角为价，从县城到莒州仅得 1.6 元的时候，福海关的关员们却享受着因为茶贸易而带来的高利禄。

税务司、稽查长与帮办 3 个头人都配有个人公馆。运动场和海员工会俱乐部专供税务司、帮办打网球、垒球和关员娱乐。他们的薪资都很高。税务司月薪 1000 银圆，帮办、稽查长月薪 500 银圆，供事月薪两三百银圆，文案以下多为 100 银圆左右。

中国茶运到英国，关税高达 118%，茶叶变成了比银子还金贵的奢侈品。每磅中国茶叶的价格比一名英国男仆的工资还高。1662 年，葡萄牙公主凯瑟琳远嫁英国国王查理二世。她的嫁妆的压轴大礼，便是随行带来的 221 磅正山小种和一套中国景德镇青花瓷茶具，引起轰动。

屏南的外山小种自然也成为伦敦茶市场的宠儿。1887 年《闽海关年度贸易报告》："由于首批茶在英国深受欢迎，第三、第四批同样等级的屏南茶叶也售得好价。"1888 年《闽海关年度贸易报告》称："从屏南、白琳和沙县地区运来的首批工夫茶质量中上，卖主出价很高。"

100 多年以前，中国就这样几乎垄断了世界茶叶市场，英国进口的茶叶 100% 来自中国。三都澳建关次年，茶叶出口就达到 89735 担，占福建省当年输出总量的 18.69%，占全国出口茶叶总量 163 万担的 5.5%。以 1902 年为例，当年茶叶贸易总值达 148.8 万海关两，占福海关所有贸易总值的 98%。

利益的驱动令宁川莽莽群山间、无数条山间官道上，出现了挑夫们疲惫的身影。他们成群结队，挑着茶担，日夜兼程，跋山涉水，目标一致：朝着三都海赶路。他们把茶卖出去，再将生活所需盐、干货、生活用品，甚至鱼鲜带回家。官道就这样变成了"茶盐古道"。屏南东邻宁德、北接建瓯、武夷山。茶之精品，闽北之正山小种，闽东北之天山绿茶，屏南皆有种制。连接三都澳与建瓯、武夷山茶贸的节点古道——屏南茶盐古道就显得尤为重要，而官寿兜则是重中之重。官寿兜，就是现在的寿山乡。

二

1866年5月30日，在罗星塔下的福州茶港，有两艘名为"瞪羚号"和"太平号"的英国飞剪船，满载着清明头一批上市的正山、外山小种南下，过南海、印度洋、非洲好望角，再北上直达伦敦。这两艘船你追我赶，都参加了一场跨越太平洋、印度洋的奇特大比拼——中国至英国的海上茶叶运输飞剪船竞赛。它们中间谁第一个抵达英国伦敦船坞，谁将会得到丰厚的奖金。

此时伦敦街头杂货店的老板们都在焦急等待着这两艘船到达伦敦船坞的临港期。在飞剪船到达的第二天，如果那家杂货店的橱窗没有陈列一箱标有优胜的飞剪船名的正山、外山小种，他的店铺便会无人问津。

而幽隅太平洋彼岸深山的寿山小镇众多茶行，正隐没于土屋、青砖宅院相叠的美丽曲线间，炊烟袅袅。他们也正日夜赶制着外山小种，连夜赶运三都。弯弯曲曲的青石板古道间，一队队的挑夫茶担吱呀而过，满巷茶香。旺销季，这里有七八百担外山小种茶远销英伦。此时，古道间挑夫们的吆喝声与大洋上飞剪船破浪前行的涛声相呼应，构成了19世纪中国至英国的海上茶叶运输飞剪船竞赛的标志性画面。

伦敦茶市对正山小种的垂涎，不仅使武夷山的星村、下梅村一时成为中国茶市中心，更令与之相邻的、仿制正山小种茶的外山小种原产地福安坦洋、屏南官寿兜（寿山）等地，也随之沾光不少，热闹一时。寿山也因为盛产外山小种，一时间竟成了 19 世纪中国运茶飞剪船大竞赛的发货地之一与重要的节点驿站。因此，寿山之于屏南，就恰如下梅之于武夷，莒州之于蕉城。

屏南茶盐古道作为福州、宁德海上茶叶之路的陆路延伸，始于蕉城莒州，进入屏南经门楼岔、前乾、白凌便是比邻的茶市重镇寿山，再往北经双溪（古县城）沟通闽北建州（建瓯）及武夷山茶市，全长 100 多公里，俗称莒建古道。依山叠建的寿山，贵在既中有小盆地，又是与莒州相邻的边城小镇，决定了它的边贸茶市底色。

屏南县早为"贡茶区"：西北接建阳茶产区产"北苑贡茶"；东南的寿山乡、代溪镇连霍童（支提）天山茶区产腊面、芽茶、叶茶等贡茶。寿山与周边同处 600 米海拔的近 30 个村庄终日雨雾与阳光相伴，是产茶的最佳产地。19 世纪中叶，西方上流社会的时尚奢侈品是中国的茶叶、丝绸与瓷器。"中国茶"是滚烫的热销品。由于闽茶在欧美市场供不应求，于是出现了闽南茶叶、闽东茶叶以及闽东北仿制正山小种——外山小种出口共荣的大好局面。屏南小种红茶一时热销，成为寿山茶产区的主打品牌。

但丘陵地貌的相隔，令这里的茶产业形不成规模。寿山周边的茶农多自种自采。在自制成毛茶后，由茶贩筛拣，转售给寿山的茶庄，再由茶庄技师加工分类精制。寿山的茶庄不能直接与三都的出口洋行交易，而必须雇挑夫挑往莒州茶栈。经由莒州茶栈中介运经八都云淡门出海至三都岛海区，然后出东冲口，分别北上宁波、杭州、上海等地，南下福州茶港罗星塔下，销往英伦。

时间就是金钱。那时从福州航行到英国伦敦需要 6 个月左右的时间。于是一种有着标志性空心船首的快速帆船解决了这一难题。它有三四个桅杆，挂着三角帆，福州到伦敦的航行时间缩短到 3 个月，就像剪刀裁纸一样把航程缩短了一半，保证了中国茶的清新芳香能及时飘到伦敦街头。这种船就叫飞剪船。飞剪船的起点是福州茶港罗星塔下，终点为英国伦敦船坞、美国新英格兰地区的纽约或者罗德岛等地。再有从福州经由宁波、上海等地运往海参崴，在通过西伯利亚大铁路运往彼得堡等地。

1899年，三都澳福海关的设立，大大刺激了闽东北内陆腹地茶叶出口。作为内陆茶盐古道重要节点驿站的寿山小镇，人口虽仅有数百人，却有晋丰茶庄、恒丰、协升等八大茶行。产销两旺，利润满盆，令茶商们可以高薪聘请来自闽北的正山小种茶技师，师带徒，徒出师，因此由寿山售往伦敦等地的外山小种之味几与正山小种无异。

茶之盛，则带来乡之兴。清光绪版《屏南县志》记述："屏南乡村，清明以后各处茶商云集，妇女亦采茶山中，夕阳归路，往来杂还，花香人语，真一幅图画也。尝有句云：板桥东跨柳西飞，时有行人趁落晖。十五采茶何处女，野花还插满头归。乡村日落渐黄昏，伛偻行人入市忙。一阵风香肩贩出，旗枪争上买茶场。"沿着寿山古道一线的村名：茗园（白凌）、李茶坪、茶花墘村，棠口镇的上焙村，康里村的古茶坑、茶亭头、茶园坡等，无村不茶。

茶之盛，则人文也兴。晋丰茶行创立者苏兆尧的嫡孙苏寿崧虽中科举副举，却尚新学，考入福建法学堂高等科，加入同盟会。后回乡集资创办两等学校，收学生20余人，在寿山广播文明的种子。他既是茶商，又是作家，著有《双钏记》《鸭啼血》等揭露社会时弊的小说。《双钏记》还列入中国文学名著。

清道光年间，由于寿山茶业的兴盛，茶行老板与茶农手头有了盈余，寿山的戏班便如雨后春笋，应市而起。以苏兆会为班主的"三省福"乱弹班，财大气粗，遍请闽浙赣乱弹名角。寿山的乱弹戏班一时名噪闽东北。

"长亭外古道边，芳草碧连天。"冬天来了，漫山雾凇的时节，寿山的茶农便收拾行头，挑起戏担，踏上茶盐古道，到外乡演出。春天一到，满山映山红与油桐花开，这些茶农便卸下戏装，回乡戴上斗笠，背起茶篓，上山采茶，或继续挑上茶担，再次踏上漫长的茶盐古道。冬去春来，年年经此。茶盐古道成了寿山人戏如人生、人生如戏的舞台。

2021年秋天的晌午，我们来到寿山古镇。迎面是"茶盐古道"大牌坊。牌坊前是类似于丽江的四方小广场。乡里的老人与村妇在四方广场的回廊与月半池边晒着时光。广场后是新建的层层叠叠的仿古建群落。那古建群落之上便是乡党委、政府办公地。彼时的阳光正踱着金黄的步履，把那古建群落层叠交错的檐角照得或有些神圣，或有些治愈系，温暖着乡愁。

牌坊后便是重修中的茶盐古道。寿山当地党委政府以文化振兴为引领，欲重现当年茶盐古道之文化。这是一段回型的茶盐古道，欲作为观光道开发。两旁有50多栋明清建筑依山而建，错落有致。青砖宅院者为大户，三合土墙者为穷人。青石板或鹅卵石路依存，夕阳斜照，光可鉴人。曲径通幽的穿巷，仅容两三个人擦身而过。时见一些青砖宅院门口青石雕刻的楹联精品。而三合土为垒的、半人高的道边柜台，点缀其间，依稀可见当年的商业氛围。位于村中央的苏氏宗祠始建于明嘉靖四年（1525）。戏台立柱对联"檀板金嗓歌盛世，寿山福海庆升平"则道尽寿山当年因茶而兴的繁华。

近于暮光依稀的时分，我们走到了这条古道街尾。忽然听说晋丰茶行就在这条街的上方，遗存犹在。乘着暮色，如赴一个久违的约定，我们便摸巷寻了幽隅一角的晋丰茶行。这是一幢修建于清道光初年的土墙包栋木屋遗存，整体是前后楼厅的双层建筑，今已无人居住。我们从右侧门进入，便是账房，窗格为栏，中开结算付款小窗。正厅是收购、检测茶叶的廊房。大厅两侧贯通，茶农挑茶从正门出入。廊房外侧木条栅格窗是活动的，很人性化的设计，供茶商观茶叶品相、分类、称重。正厅后厢连着制茶作坊，茶叶仓库、柴烧茶灶依次陈列。那时的晋丰茶庄产早已是产供销一条龙，应该算是中国南方保存比较完整，最具代表性的茶行古建。值得欣慰的是，我们看见正厅摆放着许多木料，乡党委政府正着手修复该茶行。

由一片神奇树叶而兴的屏南茶盐古道，遥远而又艰险，它不仅是中国南方内陆农耕文化与海洋文化传播交流的走廊与经济纽带，更成了人类为了生存而激发出的超常坚韧不拔精神的活化石。

三

有路就有人，有人路过就有悲欢离合。万里茶路，海上生明月，同是天涯沦落人。

威勒鼎的妻子玛丽·伊丽莎白在三都岛度过了最惬意的田园时光，而她在三都岛收养的华南虎幼崽"太极"也渐渐长大，逐见野性。为了安全，1936 年，"太极"乘英国皇家海军"肯特号"（Kent）沿海上茶叶之路回到了英国。玛丽·伊丽莎白先把它送到了伦敦一家动物园。"太极"的到来，在伦敦引起了一阵轰动。1937 年，在抗日战争全面爆发前夕，玛丽·伊丽莎白一家也沿着海上茶叶之路的航线回到了英国伦敦。玛丽·伊丽莎白做的第一件事就是冲到动物园里，去看望"太极"，而"太极"竟然认出了她，冲着她撒欢号叫。动物园管理人员也被感动了，在他的同意下，玛丽·伊丽莎白进入笼子，与"太极"抚摸良久。离别的时候，"太极"冲她咆哮的场景令玛丽·伊丽莎白悲痛欲绝。从此，她再也没去动物园。

在万里茶路中国南方的内陆一段，同样也是"古道西风瘦马，断肠人在天涯"。

从汉武帝进攻割据的闽越国始，西汉军队在闽国崇山峻岭中开辟了数条横亘千年的古道，通向北方，成为闽之门户。沿途驿站、路亭、廊桥、寨堡、关隘、烽火台延绵交错，乡绅、官员、商人、才子与挑夫走卒，肩挑马驮，赴职赶考或茶盐互市，漫长而颠簸的官道、茶盐古道见证了千古离人的悲欢离合。

茗园是白凌的自然村，是莒州进入屏南茶盐古道的第一个村落，因漫山的茶园而得名。那是一个坐落峡谷半山坡、与白凌遥遥相望的小村落。那天午后，一抹暮光正好落在那几座寥落的农舍，背景一郭苍茫、遥远，如一首诗经，自吟在山那边的远方。

这是一个很奇特的小山村。在姚世英君著的《行走寿山》一书中，曾记录了两件很"奇特"的事——

清代，这个村出了个进士叫郑光相，四十几岁时被朝廷任命去建宁当正堂知府。这在小山村是天大的喜事。但赴职之路，漫长颠簸。他从福州出发，下白鹤岭官道，沿霍童溪逆流而上，由莒州进入屏南茶盐古道，经家乡茗园到达双溪时，终因一路长途颠簸而疾。毕竟命比官重要。没办法再往前走，郑光相只好打道回府，回到家乡茗园治病。最后，他还是在老家因疾而终。

中国农耕文化历来崇尚"官本位"，做官是古代男人成功的标志。中年得喜的郑光相，才有了走出大山的希望，但其命挨不过茶盐古道的漫长与颠簸，最后还是被打发回了原点。

另一件奇特的事是关于一个男人与另一个女人——

茗园的峡谷底，荒草萋萋间有一座"荒田子墓"。墓主人才 26 岁便病故，他的母亲在墓前为他刻一副对联"绥我思成，诒尔多福"，大概意思是说：老天赐我总想着成功，上天赐你更多的幸福。含辛茹苦，望子成龙，最终却白发送黑发。母爱之心路，跃然于前，令人潸然。

在茗园后山，茶盐古道边，一座绿苔满柱的节孝坊杂草没焉，寂寞百年。这座节孝坊立于清嘉庆十二年（1807），是一位姓孙的母亲为她早逝的女儿而立。牌坊上"钦奉""礼部"的字样还依稀可见。

村里人说，"荒田子墓"男主与这节孝牌坊女主竟是一对夫妻。

夫坐拥谷底，妻相望于后山的"长亭外，古道边"。在另一个世界，能连接起他们魂魄的，或许就是那条逶迤的茶盐古道⋯⋯

节孝坊是中国很奇特的文化现象。中国古代男人可以"醉卧美人膝，醒掌天下权"。但女人不行，未嫁从父，出嫁从夫，夫死从子。只有从一而终，才会有口皆碑，以至树碑立传。当然，要立节孝坊，必须要由当地衙门逐级向朝廷申报，最后由当朝皇帝钦定并颁旨建造。

山间日子，男人苦累，多有先逝，妻后守节。节孝坊在屏南遗存多多，都为清代所立，大多建在茶盐古道要冲或村口与道口的交汇处，这是当朝者宣传、弘扬正能量的最佳"C位"。际头村石牌坊群，曾有10座贞节石牌坊（目前剩8座），于茶盐古道迎风而立。从清乾隆五十七年（1792）始建，到清光绪十四年（1888）第10座落成，96年的续建，一代又一代的传承，靠的就是每个中国人心中对延续传统价值观的韧劲。

茶盐古道有人踏过，有长亭更短亭，或许就有风花雪月的事⋯⋯

古道上的茶商与挑夫虽然个个都是铮铮铁骨，但100多公里的漫长山路，使这些汉子或许在沿途都有了寻"家"的冲动，好让疲惫的身心得到很好的栖息。清朝末年，有位商人，往浙江平阳贩运红花（药材）千余斤至福州出售，因迷恋烟花院，久而未归。其妻张氏，久等心急，从宁德娘家动身，沿着这条茶盐古道步行至福州，并将沿途地名及特征一一记录，编成路引歌，至今在罗源界首岭一带仍有传唱。

茶盐古道有人踏过，有山川阻隔，就必有廊桥遗梦的事⋯⋯

茶盐古道要越过溪涧山川便造就了廊桥。当地人把廊桥称为"厝桥"，意思是桥上有房，可供过路人或挑夫歇息、遮风挡雨。屏南县是著名的"桥梁之乡"，现境内保存着13座木拱廊桥。但要造一座桥，尤其是廊桥更不容易，经费、木料、人力与时间的巨大投入非一般建筑能比。要建成一座桥,没有宗族与家族组织力量的参与,几乎不能想象。

百祥桥,位于寿山白洋村与棠口乡下尾坑村的交界处,是屏南茶盐古道通往莒洲的重要通道,国家重点文物保护单位的牌子自有来头:号称"江南第一险桥"。一桥飞架两山崖间,茶盐互市,通途之要攸关两岸百姓柴米油盐,令它从宋代开建以来便受尽万般宠爱。苏维邦著《茶盐古道》记载:这座桥曾于清嘉庆年间被大水冲毁。到了清道光初年,周边18个村的村民公推由漈头村张永嵩为首募资建设。但在筹建过程中,张永嵩不幸病故。他的妻子黄氏、儿子张钦奇毅然接手,四处筹集巨资,才得以顺利重建。但到了清光绪年间,百祥桥再度毁于火患,到清光绪二十年(1894)村民们又合力重修。为了后代能有充足的木料养护这座桥,村民们还在桥旁的山坡上种了480多株杉树,如今依然郁郁葱葱。

走在这条茶盐古道上,最美的时节应该是春天。但在这个季节,看着漫山的映山红与油桐花,开得血红雪白,却又一坡的缤纷落地,心中总有些伤逝:脚下的古道石阶光滑锃亮,龟裂的石缝间密密麻麻开着紫色的小野花,很容易想起《绒花》那首歌:"世上有朵美丽的花,那是青春吐芳华;铮铮硬骨绽花开,沥沥鲜血染红它……"

国内革命战争时期,寿山茶盐古道更是一条红色轴线。这里是屏南最早的红色根据地。1932年的中共福安中心县委、1934年的中共闽东临时特委都在以寿山为中心的宁屏边革命根据地开辟交通线、建立交通站。叶飞、阮英平常在寿山、白玉、前坪、东盘、前乾、半岭与甲藤村穿梭来往,老百姓对他们住过的老房子与传说如数家珍。闽东独立师成立后,寿山茶盐古道更成了由叶飞、阮英平率领的闽东独立师第一、二纵队闪展腾挪的战略要道。1935年12月,这两支部队分别在这里打响了石坊岔战役和岔头战役。虽给敌人沉重打击,但也付出牺牲。屏南游击队队长牺牲在石坊岔。群众因此将寿山坊岔亭改名为"纪红亭"。

寿山虽然红白杀伐，但也鱼水深情，丹心可鉴。寿山村苏正田遭敌严刑拷打，严守秘密。敌人以石绑其身，并将其扔进深潭，活活溺死。白凌村的彭方操，坚贞不屈，更被敌浇上煤油，硬生生烧死。

寿山的前坪村，茶盐古道从村头穿过，地处旧时屏南、宁德与周宁交界，是军事要冲，利于游击与闪展腾挪。从古道边上眺，有一山巅如金鸡独立，嗷于苍穹，当地人称：鸡角寨。其上，崖悬不可攀，崖下有一秘道通往周宁、宁德，利于撤退。1945 年末，黄垂明、陈邦兴率领闽东人民游击队隐藏其间，开展游击战争。到了 1947 年，黄垂明还在鸡角寨成立了"福建民众自救军第二支队"。登其上，遇见一烈士墓，有墓碑刻"李金花、宋荣容"，她们是武汉大学女学生，风华正茂，千里迢迢，投奔革命。墓碑介绍说，她们都是城工部成员，后因城工部事件被误杀。闻听后过此墓，漫山遍野的毛竹拥围着你，风吹过，其响如血雨冲杀时的呐喊，划过你的耳边，有些泪目、有些震撼……

1937 年，在海上茶叶之路的终点大英帝国，玛丽·伊丽莎白回到伦敦，看到"太极"而伤心欲绝。而在海上茶叶之路的起点一段——寿山茶盐古道，一批中国共产党人正奔突于群山间，与反动势力浴血奋战，赋予了农耕文化色彩极浓的茶盐古道以全新的底色：忠诚信仰，无畏牺牲！

如今这盛世正如你们所愿。

踏上寿山茶盐古道，想必就是踏上寻找初心的来时路……

古道挑夫

◎ 苏维邦

古道沧桑，历经风风雨雨，不知有多少脚板从这里踩踏而过，粗糙的毛石已经光滑如镜。艰难跋涉的行人，无论百姓还是官贾，纵观岁月身影，古道的主角一定是那压弯了腰脊的挑夫。正如清乾隆五年(1740)《屏南县志》记述：“未分县时……凡有贸易，悉往来于建安、政和、宁德等处。其三处人，每见有穿单麻布衫而又有排领者，即不问而知为‘里头人’。”(屏南位于古田东北方，分治前称屏南人为里头人。)

里头人收割完不多的几丘稻谷、番薯之后，便踏上了挑担（担回头）的征途。该版《屏南县志》的描述很具体：“屏邑只种稻一熟，每岁自四月下旬栽插起，至五月半止；自八月下旬收获起，至九月终止。惟此实为忙月，其余则皆闲也。”闲时，当挑夫便成为里头人的主要副业（有的则是主业)。

这些挑夫多数为雇主而挑，这样不要花什么本钱。只有少数自己做买卖，企望能够多赚几块钱。手头没紧要农事了，他们就到货店找老板讨事做。谈好要挑的货物和工钱，当晚就装好茶叶、笋干、淀粉、茶油、硋瓷之类。翌日，他们先喝碗热腾腾的蛋茶，扒一碗番薯米饭填饱肚子，便踏上弯弯曲曲、高高低低的茶盐古道。

翻阅历史资料，我们看到：几万人口的屏南小县，历史上当挑夫的竟多达上千人。他们通常结伴而行，为了安全和互助，有的更组织起固定专业队伍，选出能力强、身体好的挑夫担任队长，称为"担头"。

挑夫挑着百余斤的担子，翻山越岭，常常发出"古道难，难于上青天"的感叹！屏南到宁德，海拔落差600余米，绝大多数地段都在崇山峻岭之中穿越。登岭时，后面一人的脑袋几乎要碰到前人的篮筐。负重登岭，每一步都要使尽全力，累得气喘吁吁。俗话说：上山容易下山难。下岭同样不轻松，这时，担子重量全部压到双腿上，小腿青筋暴突，仿佛随时都会爆裂。有的还真的压断了脚筋，以致无法再挑担子。更何况农闲挑担不是盛夏酷暑，就是严冬寒冻，其中的艰难困苦，像那伸向天边的古道永远诉说不尽。

挑到莒州（古瀛洲）金钟渡，卸下担子，挑夫歇一口气，接着急急忙忙挑选雇主（或自己）所要的食盐、鳗子（盐腌的小螃蟹）、鱼贝之类。有的再到霍童、宁德，甚至福州挑选所需生活用品。当时，莒州码头是个大盐场，为闽东北海货食盐集散地。肩挑货物，有时满足不了应市之需，尤其是节景。这时候，雇主只好给些加班费，让挑夫拼力赶路。屏南流行一句"赶鲜黄瓜"的俚语，说的就是挑夫赶担的古道史事。屏南双溪古县城到莒州百余里，平时只能挑回干品或腌品。大户人家或官绅嘴馋要品尝海鲜，不惜代价雇挑夫到宁德挑有名海产黄瓜鱼。所谓海鲜，实际无法是鲜活的，只是将刚死的黄瓜鱼放在透气的筐篮里，上面盖一个遮阳的篮盖。挑夫两人轮流不歇，日夜兼程，挑到双溪已筋疲力尽，有的挑到城门便倒在地上，再也起不来了。真应了那句要钱不要命的话，足见底层百姓生活的艰难。屏南挑夫的收入低得可怜，民国一份资料有账可查，"民国初期肩挑工价则每十里（10里等于5公里）三角"。

古道漫漫，往北到建瓯、武夷山一带，折西走江西。北路之上，屏南挑夫的繁忙身影给人留下难忘印象。历史上，屏南人称闽北建瓯、武夷山为"老界、上府"。北上茶市交易，南来走宁德、福州挑海货、盐巴。尤其到节景之时，更是忙得不可开交，所以，当时有句俗话这样说："担死屏南仔，做死老界仔，坐死福州仔。"为了生计，挑夫和商场雇工拼死拼活，而城里的老爷子优哉游哉坐等享受了。

日月如梭，年复一年，挑夫的汗水浇灌出求生存谋发展的山花，挑夫的脚步谱写了山海交响的美好乐章。漫漫古道上，我们分明看到了挑夫诠释的"砥砺前行、不折不挠、乐观向上"的古道精神，正在传承延续、发扬光大！

普岭是一首歌

◎ 缪 华

　　春有春歌，秋有秋歌；山有山歌，海有海歌；采茶唱茶歌，打鱼唱渔歌；朋友饮酒唱酒歌，姑娘出嫁唱嫁歌。无论天象还是地理，无论躬耕还是憩息，歌都会在人们的劳动生产、日常生活中占有一席之地。

　　歌可以表达对人对物的爱恋和怀念，也可以表达对山对水的赞美和喜欢。最近听到一首赞歌，赞的是一个叫普岭的村庄，"这里的山能作画，这里的水入诗眼"。"这里的风会酿酒，这里的雨比蜜甜。"我对普岭一无所知，但《普岭赞歌》的词作者却是我相交多年的朋友。他用优美而抒情的辞藻让我记住了这个村庄。

　　于是，下意识关注普岭的信息。它位于屏南县寿山乡西北方，海拔近 800 米，系中亚热带气候，日照充足，雨量充沛；冬无严寒，夏无酷暑。下辖普岭、炉坪、亭下和猴洋四个自然村。人口不算多，全村仅 170 余户 600 余人。这样的天时地利不仅适合人类舒适地生存，更适合各种农作物快乐地生长。尤其这块土地富含硒元素，成为当今人们对健康的期望。硒是一种对人类大有裨益的元素。普岭村得天独厚，在富硒的土地上种植水稻、油茶、茶叶、山苍子、猕猴桃、杨梅、竹笋等，因硒元素而成为市场的畅销货。故而，普岭自豪地自称

"富硒仙居"。仙居的居、仙居的聚，成为最能吸引人的广告。据介绍，2016 年完成的造福新村 26 幢双拼别墅，有部分在这两年被改造成民宿，这无疑是脱贫致富、乡村振兴的新亮点。

《普岭赞歌》的词作者陈常见原任市直某部门的领导，但他又是一个词家，创作了数以百计的歌词，谱曲、传唱、发表、获奖。他尤其擅长赞美乡村、歌颂土地，这与他骨子里的乡土情结是分不开的。两年前，他响应组织号召，辞去行政职务，专心致志在普岭担任乡村振兴指导员。我们时不时通个电话聊聊天。他每每热情相邀，我却次次未能成行。秋去冬来，真该找个时间去看看他，也看看普岭。

辛丑年露月，在接近小雪节气的那个周末，宁德市文联组织"扎根生活沃土、助力乡村振兴"文艺采风团走进了寿山。普岭作为其中一个必去的村庄，成为我特别关注并有心写作的地方。我们出白玉，过降龙，经寿山，山道弯弯，白云悠悠。一路上除了绿还是绿，这生态的好处让陈常见来了灵感，《普岭赞歌》的起句就是绿的写照，"你就像一块翡翠，镶嵌醉美山水间"。青山绿水，翡翠是绿之极品，将普岭形容为翡翠，果然有深意。

采风团乘坐的车辆抵达普岭村时，陈常见和乡村干部在村口迎候。我们一下车，就被他们引往路边新修的风雨廊。风雨廊依水而建，风景宜人。廊中的长桌红布铺面，上摆板栗、橘子等各种乡村特产。最让人感动的是，朴实的东道主给每人端上一碗热乎乎的蛋茶。蛋茶是屏南人待客的起始之道，既是一种隆重，又是一种礼数。喝了，既暖身又暖心。我们坐在风雨廊的美人靠上，听陈常见介绍了村史村情和他的所想所为。两年前他来到普岭，在走访调研的基础上，带领村干部着重解决村民关心的卫生、安全、产业等方面问题。他认为，一个村庄的外在吸引力在于在村容村貌，脏乱差的村庄，不要说外地人不愿意来，就是本村人也不愿意回。于是，他们一方面采取各家门前三包、聘请保洁人员打扫清理等措施；另一方面规划建设凉亭、雨廊、廊桥、河滨步道等，并在溪畔安装安全护栏。环境变了，村民"把酒话桑麻"有一个助兴的好环境。

至于产业，普岭村虽然有着硒元素的土地，但之前缺乏认识，产业零散、薄弱的情况制约了村庄的发展。陈常见对全村的经济状况进行摸排，找原因、想办法，引导村民开发了 200 亩的茶园，并引进 2 家茶叶企业。除了茶，还有果，普岭根据地理和气候的特点，种植了 70 亩的徐香猕猴桃，还计划栽种 400 亩的黑炭杨梅。陈常见很有想象力地说着黑炭杨梅，眉飞色舞的神情不但把大家逗得哈哈大笑，而且还把大家的馋虫给勾了出来，仿佛桌上摆的不是金黄的橘子而是乌黑的杨梅。至于今后，"可结合乡村旅游的大趋势，开辟农业观光项目、开办避暑民宿，发展农家乐，壮大集体经济，增加农民收入"。陈常见说到做到，2021 年，普岭村主要围绕研学基地展开，与一知万文旅发展有限公司签订了研学、避暑休闲度假等战略合作协议。

我们在陈常见和乡村干部的引领下，移步前往村子。村前有小溪，当地村民称其为阿婆溪，这接地气且与众不同的溪名，让人一下子就有了想象空间也有了文学空间。双拼别墅就建在阿婆溪畔，一幢幢统一规划设计的两层半别墅整齐划一，统一的瓦面、统一的墙面，就像列队的兵阵。上了年纪的男女村民凑在一起聊天，看到我们这些不速之客，露出了好奇的目光。被新村挡在身后的是旧村，这土墙瓦屋的族群在村庄已经有了数百年的历史。老厝之后，是靠山吃山的山，那条通往山间的青石路经过多年的风吹雨打变得圆润随和。在冬日的阳光下，村民说着村庄的过往，普岭为阮姓人家，而这姓是从山那边的周宁阮家洋迁徙而来，也就是说，隔着山也隔不断族亲的血脉。虽然我们没有听到类似踏雪寻牛或凤凰到此的落脚传说，但山清水秀的地方总是能留住人。先祖筚路蓝缕，披荆斩棘，才有了今天的普岭，"仙人洞洞藏多少美丽传说，卧女峰醉卧多少传奇故事"。

我们村里遇见几位村民，问他们对当今生活的满意度，个个都说有幸生活在乡村振兴的好时代，日子一天旺过一天。问一位正在整饰家门口小花圃的中年男子："常见局长来村里都做了哪些事？"他想都没想就说："太多太多了，带领我们种茶、种果、修路、建亭……"的确，普岭村的每个工程每个项目，陈常见亲力亲为。在两年内做这么多事，他就一个想法，就是尽量想周全、尽量做完美，这叫为群众负责。他先后为普岭争取了600多万的资金和项目，他说现在做的一切，都是为普岭打好基础。这村未来的定位是一个优质、舒适的休闲度假区，随着双寿公路和衢宁铁路的开通，深山翡翠的普岭村未来可期。

在普岭走马观花转了一个多小时，尽管只是涉及皮毛，但对我来说，已经感受到一个乡村的新貌呼之欲出。村民告诉我，普岭还有一个人才优势，村庄人口虽不算多，但身怀才艺的能人不少，尤其建筑方面，泥瓦匠、木匠、水电工、油漆工……行行都有能人，而且这些祖传的技艺，无论在城市打工还是在乡村创业，都是可以大有作为的。离去前，试问常见，如果村民收入不断增加，乡村经济持续发展，村容村貌焕然一新，乡村振兴还需要做些什么？他说，乡村需要衍进，乡村需要嬗变，但无论如何，乡村的灵魂必须是完整的。因此，在保留根系、保留文脉的振兴过程中，要种植理想、栽培希望、描绘愿景、实现目标，这不仅是普岭也是中国乡村的复兴之歌。

于是，常见激情满怀地写了《普岭赞歌》：

你就像一块翡翠，镶嵌醉美山水间。我愿是一只金孔雀，在你原始森林精心梳妆。这里的山能作画，这里的水入诗眼。仙人洞洞藏多少美丽传说，坑里溪呼唤希望一年又一年。

你就像一颗明珠，闪耀晴朗天地间。我愿是一只百灵鸟，在你茶盐古道深情咏叹。这里的风会酿酒，这里的雨比蜜甜。卧女峰醉卧多少传奇故事，古杉群守望幸福一天又一天。

啊，普岭村踏上振兴路，一条路一片天同心描绘锦绣河山。

啊，普岭人奔向新时代，一家人一条心携手共筑美丽家园！

这歌抒情，这歌提神，它唱出普岭人的初心，也唱出普岭人的梦想。陈常见，好样的，写歌词，当如此。

白玉村前叨福

◎ 禾　源

《黄帝内经·太素》中云："修身为德，则阴阳气和。"北宋邵雍说："始知行义修人者，便是延年益寿人。"细品古典，体味福、寿之得，便知"阴阳和谐，顺应四时调和，再修品德"，这样才有"福"临门，有"寿"享福。山水如是，村庄如是，人更如是。

寿山白玉村，青山负阳，环抱村庄，碧水阴柔，一宗两脉，人字分野，静卧村前，至村尾双水汇聚，流向古瀛洲。村舍依山而起，负阳抱阴，留野为田，这可是天地之间的福地。村庄的先人，得此温润之地，植树成荫，种谷成畴，栽蔬成畦，种果花开满树，果缀压枝，满心欣喜，自己是有福之人。

我站在村中廊桥里，见一位少妇从溪边走过，挎着菜篮子的手腕露出玉镯的暖意，我便把这个村名的由来归功给村庄祖婆。玉有处变不惊、成熟内敛、不事张扬的秉性，在柔和明亮的外表之中，流动着葱茏之绿，生机勃勃，始终坚守，从不在光阴流逝中失去光彩，而是随得玉者的呵护越发光泽。以白玉为村名，合乎她远道而来的心境，合乎她与先祖相厮相守、终生不渝的寓意，合乎开疆拓土、福泽代代的祈望。故，我说这村名缘得祖婆的叨念。不管我的猜想能不能暗合当年情境，但如今白玉村的福气之旺，确实合乎玉与福良缘之配。

白玉村系多姓杂居，福气均沾，和谐一村，几百年来村名一直沿用至今。这或许就是玉与福相偕相行的结果，不因世事变故而易，不因姓氏强弱而变，坚贞不移，白玉村的福气就这样守在一缕缕炊烟里。

　　我有一位姓彭的朋友，就出生与成长于这个村，他带着这个村的福气读了大学，后又从寿山初级中学开启工作篇章，以白玉人优秀品德走进机关，矢志不渝，一边工作，一边研读，通过研读取得博士之位，通过海选考入副县长之职，一路又从县城走入市直机关，走向省级机关。事业福旺，膝下还有两个男孩，虎脑虎气，可谓福满家门。一天他与我聊天，说："在家乡廊桥的上听到一位大娘祈福中说道，'保佑我下辈子再做这个村的人，再当 XX 妻子，今生后世都要享这里的福。' 我被感动！感动她对家乡的热爱，感动她情专今生后世。此中想起自己，也真该学着她，感念家乡，感念时代给我的福气。我的福气根在村里，可兴旺在政策，海选干部让我走上领导岗位，大学开放让我取得博士学位，优生政策让我生养二胎，且姐夫还当上白玉村的支部书记，正谋策划着造福工程的实施。寿山乡要在这里建一个造福新村，我也该燃一炷心香感恩啊！"

　　是的，2010 年，白玉村启动新村项目，45 幢新型农民住宅拔地而起，青瓦灰墙，在屏南的"东大门"建起一道风景线。实现了造福搬迁、扶贫攻坚、精准发力，让下山村民"搬得出、稳得住、能致富"。新村住进村民，新村引来凤凰栖，为生活"添彩"全民共享福利。白玉村发挥其生态优势，引入福建绿峰农业发展有限公司开展兰花种植产业，累计完成投资 2800 多万元，实现年产值 3850 万元，成为现代农业科研的龙头企业。该企业培育的国兰玉皇妃、醉屏娇两个品种在第二十一届海峡两岸花卉博览会暨中国（福建）花卉精品展中获得省花卉协会 2 项金奖的好成绩。此外，白玉村盘活周边闲置荒地近 1000 亩，种植脐橙、板栗、百香果等特色农产品。在这里山水间写下，业旺、财旺、福气旺的祥和气象。

福气善聚，福气喜旺。白玉村以"发挥绿色生态优势"为建设理念，结合省运会举办契机，在前期完成白玉新村、白玉六斗造福新村、白玉美丽乡村建设的基础上，统筹资金，完成白玉皮划艇运动休闲基地公共基础设施、防洪堤三期、三线落地、白玉公路服务区、东大门门户工程、廊桥美化改造及党建示范点建设、自来水改造、巷道硬化等配套设施建设，全面提升了白玉村农村人居环境建设水平。

山水和谐的宜居环境，新兴产业的发展，淳朴温润的民风，赢得四方来福。2020 年，白玉村入选省级体育休闲基地名单，入选福建省森林村庄名单。2021 年，白玉村被福建省爱卫办命名为福建省卫生村，还登上福建省 2018—2020 年度省级文明村镇社区榜。

许多人说，来到这里的人，都能蹭到这里的福气，我真的蹭到了，就在横跨皮划艇赛道上一座木拱桥建成时，被邀请撰写了"白玉桥志"，且被刻在石碑上立在桥头，虽说只是一则 200 多字的文字，可我感觉这个村有我的份，村里的福气也就有我的份。还有就是在两溪夹流汀洲间的白玉书屋里我遇到了一位从省城来屏南编创《遇见屏南》的总导演，我们在这里相识、相知。后他在他的公众号平台推出我的一组乡土散文，让我有了更多自信。是的，来这里会蹭到四面八方的福气，可以蹭到摄影家、画家、直播者、抖音制作者、康养者等带来的美福、喜福、乐福、康福！

白玉村，真是一个温润如玉的福地，居者福伴，客者赠福蹭福，有缘人皆得福报！

白玉，工笔画里的村庄

◎ 柯婉萍

江南有玉，浑然天成，它汲取日月光华，与天星山为邻，与罗经山为友，山风可成诗，流水可作画，悠然宁静，闲适迷人。这块揣在大山怀抱里的美玉便是屏南县寿山乡白玉村。

初会白玉之前，我对它有过无数次的想象：它可能是老祖母梳妆盒里珍藏的嫁妆，在祖母温和的掌心里静静修行，夜夜在黄土墙背后的小厢房里，发出温润的光泽，照见祖母曾经青春年少的容颜，也照见她渐渐老去的身影；她也可能是一位素颜的乡村女子，有着可人的名字，像璞玉般天然质朴；他还可能是"陌上人如玉，公子世无双"，在青山绿水间飘逸柔劲，开合有度，尽显太极之美。

秋冬交替时节，屏南的山峦早早披上了彩衣，黄的、红的、绿的，各色叶子像是从中国画颜料盒里走出，争相在枝丫间探出头来，稀疏浓密，努力呈现自己最美的样子。白玉裹着秋衣，忍不住发出一声脆响，恰如《诗经》里描述的"将翱将翔，佩玉将将"。这一声轻唤，好似老友多年前的邀约，让我从想象中走出，走进了现实里的白玉村。

用画来形容一个村庄的美是否有些落入俗套？可工笔画的微观与精致却最能表达我对白玉的喜爱。白玉村布局严谨，古村依山而建，新村分列白玉溪两岸，几乎每户人家都能临水而居。土墙黛瓦藏着古民居的故事。老阿婆坐在门前的凳子上晒着太阳，阳光在她身上蒙上了一层暖暖的金黄。慈祥的阿婆笑着看我们走进更深的巷子，笑着看我们对什么都新鲜的样子。站在村中央放眼望去，随便哪个角度的构图都堪称巧妙，有山、有水、有桥、有老树、有人家，画者随时都可以展开画夹，席地写生。远山不远，茂林修竹清晰可辨，常年游走在山间的云雾似乎格外倾心于此，时常从南到北，从上到下，拂过村庄的眉眼、发梢，让白玉显得分外多情。这里触目可及的线条是那样精细、丰富、和谐，大自然用白描的手法，雕琢着白玉的气质，让白玉美得如行云流水，变化无穷。

白玉村最与众不同的是那条白玉溪。从山中蜿蜒而来的溪水淙淙有声，是乡村的节奏，是白玉村人熟悉的枕上音乐，它迎合着乡村的心跳，让每个梦乡都不再寂寞。这条溪在某一天吸引了外界的目光，一场体育盛会选择了白玉村，古意的白玉被赋予了新的定义。白玉溪承接了起源于遥远欧洲的竞技项目，成为皮划艇激流回旋赛场。那一年赛事风云尚未停歇，湍急的人工航道、顺水门、逆水门、旗门等新奇名称还留在溪水之上，白玉人握住契机，促成体育牵手旅游。如今白玉成了一个不多见的对公众开放的皮划艇激流回旋运动休闲基地，村中随处都能见到运动项目形象标志，引路牌上的文字也多了起来，指向皮划艇检录平台、赛事服务中心、运动员公寓等地，时时都在告诉人们白玉村的新符号以及新的起点。

"激流回旋"是一个很有意趣的概念，这让我联想到了工笔画的"三矾九染"技巧。工笔重彩为了取得明朗、润丽、厚重的艺术效果，须反复渲染、逐遍积旋。此时突然想起其中的关联，不是刻意地牵强附会，而是想到白玉村的建设者和领路人像是画师，胸有成竹，不厌其烦地在大地之上，一遍又一遍地皴染，勾画着白玉的未来图景。而"屏南东大门"的地理优势，更能带动乡村旅游、民宿、餐饮等新业态，从而激活乡村振兴的内生动力。

在闽东山村行走，经常会遇见古老的木拱廊桥。这一精巧的建筑横跨山涧溪流，桥有廊屋，形似彩虹，既能为行路者遮风避雨，又是与外界相连的通道，经过时光打磨，成为一个区域特定的文化标记。白玉溪上有古廊桥，还有一座新建的"白玉虹桥"。当地文化学者和木拱桥传统营造技艺传承人对《清明上河图》里汴水虹桥的细部进行仔细研究，结合木拱桥营造技艺的原理，编木为之，严丝合缝，不用一钉一铆，完成了这座跨度19米、宽4.5米的白玉虹桥，重现遗梦千古的汴水虹桥模样。耄耋之年的传承人黄春财老先生为其主墨，他在虹桥上气定神闲的自信来自近70年建桥人生的积淀。从此虹桥不只存在于古籍和古画卷中，而是在白玉村那条清凌凌的溪水之上。

白玉村一步一景，处处透出自然美学，又处处都有新的气象。行走白玉新村，我一度恍然是到了城中的某个时尚小区。新型农家别墅整齐划一，蓝色的屋顶对应着蓝天白云，粉饰一新的建筑外墙画出了干净的线条，村中整洁的水泥路两旁种着桂树，分类垃圾箱有序放置，乡风文明气息扑面而来。

花果飘香的白玉村，四季花海漾出了乡村田野清新柔美的风情。那一季马鞭草汇成了紫色的海洋，将白玉书屋环绕其中，书香与花香采天地之灵气，相互缠绕渗透，使人远离浮躁与喧嚣，寻得宁静与宽慰，正如光合种子研学基地围墙上那句话"我们都是自然的孩子，闯进大地的心川里"。是的，我们原本就是自然的孩子，都有那样深切的草木情怀，会为漫山的油茶花、脐橙、百香果、猕猴桃驻足，也会对兰花基地里每一朵悠兰俯首，更会为这里培育出的国兰玉皇妃、醉屏娇品种香飘海峡两岸，捧得花卉精品展金奖而惊叹。

在白玉村走着走着就会被白玉人家门口的花卉吸引：有长成大朵绣球状的鸡冠花，有小巧可爱的雏菊，有含苞待放的山茶花……白玉人闲暇时侍花弄草装点着自己的家园，从另一个侧面可见他们的精神追求。我在香格里拉汽车旅馆门口停下了脚步，这个多次出现在媒体报道里的民宿，外观与其他房子并无二致，它大气的名字以及门口用三角梅搭成的弧形拱门，正喜气洋洋地等着外来的客人。

我与白玉之间彼此都可能等候太久了。那一天正值农历十五月圆之时，我选择了一座门牌上点缀着灵芝图案的民舍，找了一间带小阳台的房间住下。房内有电视、空调、热水器、卫生间，还有 WIFI（无线网络），被褥干净整洁带着阳光的味道，主人像是我的某一位亲戚，笑意盈盈，朴实真诚。这是旅途的一个驿站，也像是熟悉的家。

夜幕下的乡村早早地进入了梦乡，夜景灯光沿着道路和建筑轮廓浅浅地勾略出流畅的线条。月亮明晃晃地照着四野，皎洁纯粹。百年香樟树和柳杉努力伸长臂膀，定格成了夜的剪影，为的是能摸到月亮的脸庞。白玉溪缓缓的涟漪，轻轻地漂洗着薄如蝉翼的水中之月。偶然一两声犬吠和秋虫鸣叫，更是衬托了乡村的宁静。怕黑的我将窗帘拉开一道缝隙，让月光陪我入眠。那一夜的我睡得特别踏实，醒来时听到楼下厨房里锅碗瓢盆的声响。

晨曦中，我独自一人在村里漫步。白玉初醒时的模样如诗如画，如梦如幻。几缕薄云在山头游荡，水汽在溪上集结，整个白玉村氤氲在仙境里。顺着白玉溪往前走，仿佛慢慢展开卷轴再一次欣赏白玉之美。溪石上有乡村振兴指导员、书法家李朋松先生题字钤印的"山水清音""自然为美"，一幅山水人文长卷一气呵成。我知道属于白玉村的画卷一定不止于此，未来将会有更多的人为它留下笔墨。

白玉与我有缘，我会一来再来。

家　茶

◎ 刘翠婵

　　冷的时候，若能喝上一杯热茶，当是温暖之事。若这杯茶是热气腾腾的蛋茶，无疑会更暖。

　　在屏南山间，给客人端上一碗蛋茶是纯朴的待客之道。自家产的土鸡蛋，自家茶园摘的土茶，滚烫的茶汤，泡开新鲜的蛋花，一碗饮尽，食物与茶水交融的温热，令饱暖穿肠过肚直抵肺腑，善意、暖意就会驱走寒意。黄昏时日头落山，乡间凉意骤起，普岭村口凉亭下，人们围坐喝下冒着热气的蛋茶，三碗两碗下肚，"好喝"之声便起。有些好，的确就是寻常又不寻常的一杯暖茶。

　　蛋茶之好，好在它是茶，又不尽是茶，它还有食物的成分。普通的食物，因为特殊的际遇，就会在人们心里留下特别的感受。同样是蛋与茶，席间同座言及，却是另一番味道。小时她极不喜欢吃母亲做的蛋羹，而母亲却视之为上好食物，每次蒸好就叮嘱她吃下，不好拂了母亲的心意，她总是趁母亲不注意，把蛋羹倒进茶壶里，母亲一边欣喜着女儿吃下如补品一样的蛋羹，一边诧异壶中的茶水有了异味。

　　像蛋茶这样与家的气息有千丝万缕联系的茶，我想把它们叫作"家茶"，这与动辄几千上万的茶，是两个场域的茶。家茶里有父母的劳作、邻里的温情和陌路的关怀，也有时令的药方、朝思暮想的味道和一言难尽的过往。

经常想起乡下的草籽茶，很长时间不知道那个草籽叫什么。夏日里几乎家家户户的饭桌上都放着一个大腹陶制茶壶，或搪瓷茶罐，壶嘴上挂着一个杯子，有的在壶口上扣着一个碗。一大早，一大把草籽和茶叶扔到壶里，一锅开水沏下，桌上一摆，就是一日的茶水了，谁渴了都可以喝，就是过路的人也可以径自倒了喝。那种大碗喝茶"咕噜咕噜"咽下的快意，让日后的自己怎么也习惯不了小口细抿的文绉绉。多年以后才知道那个草籽叫"苍耳子"，祛暑祛湿，夏日喝下好处多多。

都说药食同源，很多时候，茶是那个经常出现的"药引子"。母亲在海岛生活多年，学会做"午时茶"，就是在端午节当天的午时，取五谷与陈年茶，几方草药，在炒得滚烫的大粒盐上焙烤茶叶，过午摊凉密封存好，家人或邻里，头疼脑热胃胀腹闷，取一小撮隔水炖服，大抵都能喝去许多不舒服。

这与寿山乡的茶盐古道竟有了一些不谋而合的气息。茶盐古道不知始于何时，但古道上茶与盐是两种必不可少的重要物资。屏南多山，平均海拔800多米，山峦叠嶂，溪河狭小舟楫不通，但高山盛产好茶。宁德沿海多盐，寿山乡毗邻宁德，茶与盐，成了古道挑夫担上的"常货"。"茶盐古道"崎岖山路，一担担茶与山货，盐与海产品之间"茶盐互市"，走出了古时闽东沿海通往中原内陆的一条重要商贸通道，也走出了许多人情世故与历史文化。

古道区域茶俗之一蛋茶充满古早的味道。挑夫们无数次荷担出发或归来，半路休息停歇之时，该是喝过"蛋茶"的，解乏去困，提神，补充体能，此时的茶里更多是抚慰与力量。做为待客之道，蛋茶里敬与礼的部分散发着纯粹的乡土气息。好客的乡人，即便谷仓空空，但家里母鸡刚下的蛋是舍不得自己吃的，细心放在篮子里保存着以待远客来时，泡上一碗蛋茶迎客，虽家徒四壁可，但待客不周不可。

老家有些地方唤"茶"为"茶米"。"柴米油盐酱醋茶"中茶虽是最后一味，但却是可以独立于三餐之外存在的一种味道。不是食物，又有食物的秉性，当它和食物或别的味道相融时，没有谁轻谁重，没有喧宾夺主，也没有风生水起，它是长久的日常里温热、亲切和不疾不徐的部分，也或者是艰辛跋涉与有苦难言的部分。"蛋茶""草籽茶"和"午时茶"里就有各种况味的沉淀与留存。

外婆最爱喝"茉莉花茶"，少时在福州喝了有香气的茶，之后就再也没有爱上其他品类的茶了。大半生漂泊，从福州到海岛，到台湾，再好的茶她都喝不出好，茉莉花香酿出来的茶，如戒不掉的好酒。从大陆辗转寄到台湾的茉莉花茶，平日里大方的外婆总是"藏"得很紧，轻易不送人。她"小气"地担心想喝的时候，断了茶。

很多时候，茶断了是可以的，断不了的是茶外的人与事，时间与世界，好比断不了蛋茶里的那一口暖。

军中秘语八音嗽

◎ 苏旭东

初识八音嗽语，既迷惑于它发音的独特，又迷惑于它独特的命名："八音哨"。

之后，研读了《戚林八音》一书，才明白它名叫"八音嗽"，而非"八音哨"，因为屏南话的发音"嗽"和"哨"是同音，"哨"又是一种发音方式，因此误读。在人们的活动过程中经常会使用咳嗽来提醒和暗示，嗽语是一种秘语。

八音嗽语得名于福建第一本地方辞书《戚林八音·戚参军例言·嗽语》，取八音和嗽语两词，名为八音嗽语。

八音嗽语把方言读音的声母、韵母拆开，按一种新的规律颠倒反切重新排列，产生一种新的读法。这种新的读法可以在组织、社团内部进行秘密交流，起到防止泄密的作用。

据史料记载，嗽语始于明朝。董作宾《闽俗琐闻》、洪惟仁《漳州方言韵书三种》和李如龙、王升魁《戚林八音校注前言》等书记载了嗽语源于明朝戚继光在闽平定倭患。

明嘉靖三十四年（1555），东南沿海倭患极为严重，戚继光被调往浙江都司金事，并担任参将一职，由山东调往浙江抵御倭寇的侵略。到浙江后，戚继光组建了一支由义乌农民和矿工组成的"戚家军"。明嘉靖四十年（1561），十三战十三捷，平定浙江倭患。明嘉靖四十年（1561），台州大捷后，戚继光官升三等，升署都督金事。明嘉靖四十一年（1562）七月，戚继光率领六千军队到福建平定倭患。经横屿、牛田、林墩三战，明嘉靖四十二（1563）经平海卫、仙游、王仓坪、蔡丕岭四战，肃清了倭寇在福建的势力。明嘉靖四十二年（1563），朝廷以戚继光横屿大战，录前后战功，任戚继光为都督，领闽浙粤三省军务。

从明嘉靖四十一年（1562）七月至明嘉靖四十三年（1564）二月前后一年有余，其间不甘心失败的倭寇数次反扑，与"戚家军"在闽纠缠。戚将军在闽行军打仗期间有两件事一直困扰着他，一是"戚家军"士兵多为浙江人，不通闽语，无法与当地人交流，给打仗、生活带来诸多不便；二是倭寇里有很多当地的海盗，他们熟悉当地的情况，利用当地人的身份刺探军情，给"戚家军"平定倭患带来诸多不利。某日，戚将军拜访学者陈第（陈第，中国明代音韵学家，字季立，号一斋，福州府连江人，著有《毛诗古音考》《屈宋古音义》等），与其促膝长谈，陈第在为平倭出谋划策的同时，还从音韵学的角度就不通闽语和秘军声二事提出了解决方案。戚将军大喜，命陈第立刻着手，已有准备的陈第迅速编纂《戚参将八音字义便览》教"戚家军"通闽语，并在《戚参将八音字义便览·戚参军例言》里记录了"秘军声""行营暗传口令之需"的嗽语和嗽语切。

戚继光在闽平定倭患时，主要活动范围在沿海，在宁德平倭有著名的横屿之战。没有资料记载"戚家军"到过屏南，但嗽语又是怎样传到屏南寿山的呢？

寿山，毗邻宁德，地处沿海通往山区的重要交通节点，是茶盐古道枢纽，往来人员都要在寿山歇脚、住店、交换货物。茶盐古道不仅是盐来茶往的货物通道，还是人员往来、信息交换、文化交流的通道。因此，嗽语可能是"戚家军"直接传到寿山。也可能是参加"戚家军"的寿山人把嗽语带回来的，还可能是过往客商把嗽语带到寿山的。但不管什么原因，嗽语是真真切切地存在于寿山的。

农耕时期，屏南丛林茂密，盗匪出没，各种各样的武装团体、组织不断出现，既有啸聚山林的土匪，也有保境安民的民团，还有为建立新中国而奋斗的红军游击队。武装团体、组织为了军事行动保密的需要，自然而然地把有秘语约定功能的嗽语引入"秘军声以通语"作为军中口令。随着社会发展，新秩序建立，旧社会林立的武装团体、组织失去了生存的土壤，八音嗽语的生存环境已经破坏，嗽语的使用也日趋减少。

历史上屏南的嗽语有"八音嗽""单边嗽""红军嗽""土匪嗽"之分，但目前完整保留下来的只有寿山村的"八音嗽"。如今会说八音嗽的，绝大多数是中老年人，但也只偶尔在茶余饭后当娱乐消遣说上几句。

据目前调查，福建的嗽语还只存在于屏南寿山、代溪一带。而以往在福建沿海应当有流传的嗽语早已失去了踪影，就连为"戚家军"创造嗽语的学者陈第的老家福州市连江县也没有听说有嗽语的存在。嗽语已处于濒危的状态，以至于许多当代的学者不知道嗽语是怎么回事，《戚林八音》记载的嗽语、嗽语切是什么？

寿山，因为曾经是茶盐古道的交通枢纽，所以八音嗽语得以流传。

寿山，因为曾经被游离于现代的交通体系之外，所以八音嗽语还没有消失。

普岭：鲜花在不断开放

◎ 阮兆菁

    2021年11月28日，天气不温不燥，特别适合旅游。我们乘着初冬的凉意开始了一天的愉快旅行。到达屏南县白玉村，大概在早上10点光景，在白玉村指导员李朋松的引导下，我们沿着白玉村村头巷尾细细品味该乡的变化与发展，而后便直奔渴盼已久的寿山乡普岭村。

    普岭村，村子不大。举眼四望，绿意满目，村道干净，屋舍整洁，空气中弥漫着淡淡的草香。下车甫定，来自于宁德市市场监督管理局的二级调研员、普岭村乡村振兴指导员陈常见就忙于向本家阮氏族人介绍开来，他们用生硬的本地腔反复叨叨着，我和族人们紧紧握着手不忍松开。此情此景，大有久别重逢的意味，更有相见恨晚的别情，大家总是眯眯笑着，仿佛有数不完的话儿倾诉衷肠。从村头绕至村尾，普岭村的印象在我的脑中渐渐清晰、渐渐明朗。在茶盐古道伸展处，一座民居虽只剩下半壁残垣，但足以窥见其之前的恢宏气势，门联的两行字还是依稀可见："圣恩天地广，文治日精华"，横眉虽然不见，结合白玉村两处的村居构建，应该为"云蒸霞蔚"，我们可以想象，当年房屋主人似乎得到过圣上的"恩典"。幻化出"云蒸霞蔚"之大千景象，家道中兴之美妙盛况，沐浴着"皇恩浩荡"之旷世甘霖。恍惚间，眼前蓦地闪现出一幅普岭人太平盛世的图景。看那"造福工程"的20多幢新房一字儿摆开，展示着普岭人的富足和自豪，那满满的喜悦毫不掩饰地书写在脸上。

不知不觉间，我们聊到了普岭的历史和文化，每家每户人手一册、2010年编写的阮氏族谱最能勾起人们对历史和文化的向往，管窥出"众志成城"之内涵，体现出阮氏族人爱国爱乡、团结拼搏的精神品质，以崭新的姿态顺应时代发展之潮流，为国家之繁荣、民族之富强贡献自己的绵薄之力。从《阮氏祖训》中我们隐约感悟到了先人们的智慧。

一、睦族

万派初从一派分，儿孙饮水要知源；
家无言语和宗族，箧有资财济弟昆。
问疾庆生情必厚，周穷救患义须敦；
旗山松柏参天绿，千载难忘父母恩。

二、守业

前代创业最艰辛，奕世贻谋要守成；
屋宇勤修须整洁，田租时取免纷争。
珍存什物尘难朽，宝爱诗书蠹不生；
执玉捧盈莫废坠，宗乘千载绍芳声。

三、治生

女勤蚕织士勤耕，节俭由来可养生；
唯念孝亲兼敬长，不须礼佛与齐僧。
晨兴先扫祠前地，夜睡常防壁上灯；
淡食粗衣安素业，心无歉虑福绵臻。

四、教子

功名利达草头尘，守分安常莫厌贪；

勿用邪谋坏心术，恒将豪气养精神。

都君不生嚚顽子，迁叟端为社稷臣；

古往今来忠孝者，看来多是读书人。

五、慎守

金人缄口欲何为，出好兴戎系尔词；

喋喋狂夫无忌惮，恂恂君子慎枢机。

只观自己诚和伪，休论他家是与非；

忆昔南容能慎行，殷勤三复白圭诗。

六、改过

慎过非难改过难，应知一篑可为山；

善端功处凶皆吉，恶行除来睡即安。

常对琴书清念虑，莫教尘土上衣冠；

斩蛇驱虎人可在，留得芳名万世间。

七、恤邻

君子之居必择邻，缔交必择老成人；

囊修良剂宜医疾，仓储陈粮即济贫。

宝带会闻裴相义，麦舟凤仰范公仁；

常存善念行方便，暗室昭然有光明。

由陈常见作词的《普岭阮氏明天会更好》中："寂寂仙人洞雪藏千年，悠悠坑里溪千里流淌，在青山绿水间，拥抱自然无限风光，七贤并列八达齐名，三朝同阁九省封疆，名贯四海，誉满八方……"正是写出了普岭村的悠悠历史和文化传承。

沿着福寿长廊，我们径直向村部走去，广播里传来了"没有共产党，就没有新中国"的激昂歌声。陈常见如数家珍般向我们说起了他在普岭村一步一个脚印的日子，说起了他在普岭村的 700 多个日日夜夜，让普岭村成了一首优美动听的歌，那歌声在普岭上空久久回荡——

你就像一块翡翠
镶嵌醉美山水间
我愿是一只金孔雀
在你原始森林精心梳妆
这里的山能作画
这里的水入诗眼
仙人洞洞藏多少美丽传说
坑里溪呼唤希望一年又一年
……
啊，普岭村踏上振兴路
一条路一片天同心描绘锦绣河山
啊，普岭人奔向新时代
一家人一条心携手共筑美丽家园

——《普岭赞歌》

这歌，唱出了普岭人幸福自豪的心声；

这曲，拨响了普岭人昂然前行的心弦！

歌声传遍了山内外，也引来了凤凰栖。近日，福建省音协流行音乐学会授予普岭村"乡村音乐传习所"，福建省音乐推广协会授予普岭村"音乐创作基地"。这两块沉甸甸的牌子，为普岭村插上了音乐的翅膀。章绍同、蒋舟、肖山等音乐界"大咖"们亲临现场授牌助威，音乐家们的倾情演出为年轻的山村送来了清新明丽的视听盛宴！轻曼的音乐在青山绿水间响起，这不正是普岭人所追求的美好生活吗？于是乎，"清新福建·气候福地"气候康养福地悄然落户普岭村，普岭村必将随之美名远播。

随着陈常见的介绍，普岭村渐渐走进我们的心里。普岭村位于屏南县寿山乡西北部，由普岭、芦坪、亭下、猴洋4个自然村组成的行政村，全村630人，173户人家。普岭村当初由阮氏一族从周宁阮家洞迁徙而来，先安家猴洋村，再则寿山村，最后才把村落安在卧女峰山脚下，村民们对先祖的远见大加赞赏，认为风水好，普岭的水比矿泉水还甜。先人们凭着勤劳勇敢和聪明才智开发这片土地，世代以勤耕、勤学、勤俭的"三勤"作风，垦荒拓土，生生不息，繁衍至今。

我们把笔触伸向这位词作家陈常见，走进他的内心世界，窥见其生命之轨迹，摸准其在普岭村的丝丝脉动。

陈常见自上任村指导员伊始，便是将全部心血倾注在普岭村的各项事业之中，把一个沉寂得无人知晓的村庄焐热了，把散落的民心凝聚起来了。他在与村民们拉家常、聊房子、谈增收中，谋划乡村振兴之良策。成立卧女峰种植专业合作社，带动村民开发农副产品，让绿色食品走进寻常百姓家，让群众腰包鼓得实实在在。河滨慢道、水尾廊桥等17个民生项目循序推进，文明之风、良好家风、淳朴民风如春风般款款萦怀。2020年12月1日，双寿路普岭900米连接线60盏路灯一夜绽放，照亮普岭路，闪亮普岭村。那欢快的村歌、那活泼的喷泉、那五彩的夜景，把普岭村装扮得更加靓丽动人！

茶盐古道穿境而过，也为普岭村贴上了历史与文化的标签。绝佳景点卧女峰、王母娘娘蟠桃石、仙人洞、千年古杉群等，我们都必须赋予她文化的内蕴，生命的意义，让其形象鲜活起来。就如姚世英《普岭卧女峰》一文中写道：

> 蝙蝠洞周边，奇花异石，古树倚壁，蔓草横生。卧女仰起的头颅，正对一块岩石，恰如梳妆镜。转过山崖，枝叶间见一

巨岩挺立，别有一番景致。初看像浣熊，再细看，头上绿树如冠，草如鬃毛，在脖颈间随风起伏。造化天工本来听凭天马行空的想象。当爬到卧女"胸部"后，我才真正体会到"海阔天空""天人合一"的含义……

如此细腻的笔触，把卧女峰之美写得惟妙惟肖。"海阔天空""天人合一"这样一些富含哲理的词汇，在这里都得到了诠释。在文章结尾处，有这么几句话让人心灵为之一震"……我突然想到风景之美在于人心与感情。如果没有村庄世世代代凝聚的力量以及艰苦奋斗的精神，没有淳厚朴实的民风，没有与大自然的默契和关爱，卧女峰也只是一处古老的原生态风景而已。"这何尝不是对普岭村的真实写照？

村里唯一留给我的是一本 2010 年的族谱，在族谱中我看到了普岭村的艰苦岁月和光辉历程。为写此文，我多方联系普岭村在外的乡亲们，终于联系上了目前就职于福建师大党委组织部副部长阮传瞰。他立马把族谱电子材料发给了我。说起家乡，故土难离，乡愁一下子涌上心间："离开家乡三十余载，随着年龄的增长，乡愁确是与日俱增，心里始终关切家乡的发展和变化，为家乡前进的每一步而欣喜自豪。绿水青山就是金山银山！衷心希望家乡能用好用足党和国家的好政策，充分挖掘发展潜力，打造特色项目产业，乘新时代之东风，谱写社会主义新农村建设新篇章！"他发来了去年带大女儿蔡心颖回普岭村后写的作文《喜看家乡新貌》，文中充满了一个城市小姑娘对父辈所生养的故乡的一种浓浓情愫。蔡心颖的作文与大家分享：

春天来了，到处春光明媚！我和爸爸沐浴着春光，坐在回家乡的汽车上。寿山乡普岭村是爸爸的老家，上次回来已是 5

年前回事。当时的情景已经有点记不清了，只感觉这里很破旧。

我与爸爸下了车，眼前的景象令我大吃一惊：模糊的土路不见了，变成了结实大气的水泥路；印象中破破烂烂的土茅房不复存在，取而代之的是一座座红顶"小洋房"。我眨巴眨巴眼睛，不敢相信这里就是我几年前见过的老家。"到了！"爸爸说，望着我吃惊不已的神情，带我走上了水泥路，讲起了这里的故事。

这里的变化是飞快的，就像坐上了高铁。没有人能想象这个地方曾经是屏南县最穷最苦的小村子。爸爸说，30年前这里比我想象中的还要破旧，没有一栋房子是像样的，斑驳的土墙，破了一角的大门……当时的生活真的是艰苦。爸爸还说，当时只有泥土路，人们出入村庄都很麻烦，要先步行30多分钟到乡里，再坐巴士到县城，短短20多公里的路程得花3个多小时，巴士一天只有两班，赶不上趟就只能等第二天了。那个年代村里虽然贫穷，但相对还算是比较幸运的了，因为村里有自己的小学，小小的学校是那个年代十分富贵的财富。爸爸回忆道，隔壁村没有学校，那里的孩子们只能步行近1个小时长途跋涉来他们村的小学上课。我听完不禁感慨：在我们这个小康时代，许多人都不珍惜的知识，在以前是那么珍贵，想到这里，我心里真是十分惭愧。

爸爸的故事还在继续，平坦也不断向前延伸。我们吃着美味的农家乐，不禁感慨：我们的国家真的是强大，那么贫穷的小山村在党的领导下，几年就变了样。让我们为共产党、为新中国欢呼吧！

读完文章，心里久久不能平静。蔡心颖小姑娘文笔自然、清新、朴素、优美，字字敲打在我们的心坎上。正如那普岭村的涓涓泉水，纯粹而透亮，甘洌而芬芳！

　　我不禁想起印度诗人泰戈尔的一句名言："向前走吧，沿着你的道路，鲜花在不断开放！"我把这句名言献给普岭村，也献给普岭村善良、淳朴、勤劳、智慧的阮氏村民们！

淹没在时光深处的白玉娘娘

◎ 陆林松

一

隐秘、祥和、安静、温暖，这是寿山白玉村给我的印象。

想到白玉村看看，已经很久了。我有一种心理，不知算不算得上是性格使然。对于古老的乡村，我总是心怀好奇，又颇为敬畏。白玉村就在宁屏二级公路边，距离不过一两百米，平时从村外开车经过的机会不少，但一直就没进去好好看一看。若要问原因，来去匆匆是一方面，但更重要的，似乎是在等待一个合适的时机。因为，心中越在意，行动上自然也就越郑重。对于我来说，走进白玉村，需要一份特殊的心情。

远远望去，白玉村躲在一个低低的溪湾里。前面一座古厝桥像一把尘封的旧锁，静静锁着，后面就是黑黑的古木屋。木屋不多，也就一两排的样子。那种黑，是久经日晒雨淋岁月刷洗出来的黑。整个村子依山傍水而建，周围绿树成荫，半遮半掩，显得古朴而安逸，宁静而幽深。

到村子里走一走，更是免不了一番心醉。这里，临溪的位置由于地形狭窄，的确只有一排古木屋，很古的那种。当然了，整个村子实际上要大一些，旁边山脚下还有若干屋子，不新不旧，从远处看，看不见；数百米外的寿山路口，另外又兴建了一个白玉新村，不少人已经迁居到了那边。这些暂且不提。白玉村的美，就只在临溪的这一排古木屋，所有风景都集中在这。不论是远远朝这边眺望，还是就近欣赏沿溪的风光，都只要用一个字形容：美。这里，由于地势陡峭，房前屋后落差很大，一栋栋屋子都选择楼式结构。人从后门进去，要再下几级台阶，才到二楼厅堂。自然，是楼厅，而不是地厅。初到这样的屋子里，禁不住会产生一种置身悬崖上的错觉。从楼厅的窗口探头出去，一望，底下就是宽阔的溪流，也就是白玉溪了。溪从左边缓缓流过来，横过屋前，再折而向前，因此，这一段溪面特别开阔，特别秀丽。举目看去，右前方，一个圆圆的桥拱，就像刚从溪面上升起了半个月亮。对岸几棵不知名的大树，枝繁叶茂，但不高，如一把把次第打开的折扇，互相交叠着竖在那里，一副经风历雨的样子。古树再过去，才是黛色的远山。虽说是深秋时节溪水不多，溪面只见乱石累累，瘦骨峥嵘；但能想象春天里绿波盈盈以及烟雨天薄雾缭绕时，是怎样一幅仙境般的景象！

这一排古木屋，足以概括白玉村的风貌，也足以代表白玉村的历史。外表的沧桑，就不必说了。屋内，更是处处都散发着温馨扑鼻的气息，让人恨不得一次就吸个饱。一根柱子、一扇门、一面壁板，满眼所见，无不干干净净，尽是那种久经时光积淀的经典木色。那股清醇绵厚的香气，就是从那微黄的木质里散发出来的。村子里那条逼仄的弄子，怕也是"仅此一家，绝无二例"。一边是掘开的山体，峭壁上长着斑驳的青苔和稀疏的绿草，不免有些清冷；另一边就是屋子的后门。这些屋子由于正面临溪，都不开前门，只在沿弄开一个后门，又给清冷的弄子注入了暖暖的人气。走在这样的弄子里，恍惚间，便有一种遁入到远古岁月，身心浸透着那种无边的温婉与苍凉的感觉。

这样的地方，没有故事不能不说是一种遗憾。有故事，不仅不足为怪，好像还理所当然。

二

我是奔着传说中的白玉娘娘去的。

白玉娘娘，也就是鸭母娘娘。传说，五代时，有一年，闽王下旨选皇后。但是，天下这么大，到哪里选呢？钦差大臣十分为难，就去问装神弄鬼的国师。国师也不说，只念了一句："祥云罩白玉，五龙盘赤柱。"钦差大臣听了一头雾水，但没办法，君命难违，只得领命而往。钦差大臣自己想到了一个法子，每到一处，就大摆筵席，遍请当地适龄女子都来吃，以便在筵席上集中寻觅。寻遍了八闽大地，都没寻到。一路走来，到就了寿山的溪柄村。村里有一个饲鸭姑娘，由于家穷，平日破衣烂裳，蓬头垢面，大家都没见过她真面目。姑娘正在田里饲鸭，听说村里来了个钦差大臣，有大席吃，去吃的都是未出嫁的姑娘。自己肚子正好饿得咕噜咕噜叫，不管三七二十一，就也赶来吃。她来到现场，也不入座，手上沾着泥，也不洗，看到桌上有一盘糍粑，伸手抓一团来吃。吃完了，只觉手指粘粘的，半是糍粑半是泥，就随手往红柱子上一抹，在柱上留下五道指迹，弯弯扭扭的，十分生动。一旁的钦差大臣早已经看在眼里，心想，天哪，这不正是"五龙盘赤柱"吗？对，就是她了！钦差大臣非常高兴，当即请她去梳洗打扮。不一会儿，梳洗打扮完出来，再一看，哇，原来这姑娘这么美，简直就惊若天人。于是姑娘就被迎进皇宫当了皇后。

还说，姑娘名叫白玉，天生就是当娘娘的命。姑娘饲鸭母时，有一个奇怪现象。她从不戴斗笠，走到哪里，头顶上都有一小片云彩遮着，晴天里太阳晒不到，雨天里雨水也淋不着。又正应了那句"祥云罩白玉"。

这就是本地流传已久的白玉娘娘的故事。因为这个娘娘是饲鸭母出身，因此，又叫鸭母娘娘。

在这个故事里，白玉姑娘姓陈，她还有个哥哥，叫陈柄生。妹妹当了娘娘，哥哥顺理成章，就成了国舅。后来，这个陈国舅死后，人们把他奉作当地的神主，专门给他盖一座庙，叫国舅庙，位置就在如今从宁屏二级路接入白玉村的公路边上，让他永享供奉。又据说，娘娘当初饲鸭母时，经常坐在一方石头上，这方石头，后来也遗留了下来，上面还刻有4个字，叫"娘娘本座"。据说，这方石头，凡人都不允许坐。一坐，就会对他不利。这个"娘娘本座"原本也在离国舅庙不远的一处山坳上，可惜，前些年修路时，不小心弄丢了。溪柄村因为出了一个白玉娘娘，自那以后就改名白玉村。这就是我所耳闻的白玉村的由来。

如今，国舅庙依然还在原地，就在路边，看起来不算太旧。未经细考，不知建于何年。神龛上并排供着三组神像，都是戏装打扮。中间一位一看便知是国舅爷。左右两边，看装扮，一边估计是皇帝和娘娘，另一边是国丈和夫人。自然，都只是泥身而已，系20世纪80年代重塑的。之前的木雕神像早已被盗。最亮眼的，是正厅中那一张大供桌，由三张小桌拼成，一进门，便赫然在目。桌面蒙着白铁皮，不说是一尘不染吧，但也的确十分光洁。据说，这位国舅爷的生日是农历正月十二。每年的这个日子，白玉村的村民都会自觉备上供品，举村前来为国舅庆生祈福。可以想象，那场面何其热闹！

三

其实，鸭母娘娘的故事并非这里独有。古田的石床村和福安的晓阳村，都有一个几乎相同的故事，上述"五龙盘柱"的核心情节也都如出一辙。不同的只是地点和人名。

古田石床和福安晓阳两地的故事主人公，都姓谢，叫谢贵娘。不是姓陈。石床我多年前曾去过一趟，那里已经没什么遗存，唯有两处废址，均已面目全非。一处据说是谢贵娘故居的遗址，只剩下了残墙和荒草；一处据说是她后来投水自尽的古井，也已被水泥封死。另外据说，离村不远的某处田间，原本有一张谢贵娘饲鸭母时经常躺的石床，也早已不知所终。石床村正是因这张石床得名。至于晓阳，前些天刚刚去了回来。那里，倒是保存着一座"太后公厅"，据说系闽王后人所建，目的正是为了纪念传说中的鸭母娘娘，即谢贵娘。公厅始建于 1234 年，时为南宋末期。几年前，该建筑已经被列入省级文物保护单位。事实上，晓阳村的谢姓村民正是由石床迁入。因此，可以认定，两地所传实际上是同一人。

相比之下，白玉村建村才 300 多年，最早也是清初的事，比起五代时期，晚了七八百年。显然，历史上的鸭母娘娘，其实没白玉村什么事。白玉娘娘（姑且这么叫吧）被说成是鸭母娘娘，多半是后人张冠李戴移花接木的结果。

但问题是，移花接木也得有木，花才能移过来并接上去。那么这木又是什么？也就是说，白玉娘娘一定也有原型，原型是什么？一般民女凭什么被尊称为娘娘？这个问题，似乎成了一个无解的谜。

四

也算是歪打正着吧，事情最终在降龙村现出了端倪。

降龙村位于高峻的三衿山下，也是寿山的一个古村。不远，就在白玉村沿溪上游数里。其历史据说比白玉村要早得多，足有五六百年了。五六百年不算太长，不过，对一个偏僻山村，已经不短了。该发生的似乎都已发生，不该发生的也已发生。村子不大，从外面看，并不惹眼，无非是绿树掩映下依山而建的若干古厝，如此而已。那些古厝，一座一座挤挤挨挨，墙颓瓦落，一副破败不堪的样子，跟别处也没什么不同。顶多也就是能领略到一丝无关痛痒的隐约的落寞。于这一方山水，这样的村子可谓见多不奇。但是且慢！人走进去，到了村里，哇，那种感觉无异于一次心灵的失陷。人在那里，仿佛突然触及到了历史的某个底部。那一股清幽凝峻的厚重气息一如岁月深处扬起的尘土，瞬间就迷蒙了双眼。

不错，跟白玉村相比，这个降龙村，古朴的外表下明显多了些许曾经沧桑的底气。

这里，令人瞩目的，不是哪一座宅子、哪一块碑，而是遍布村中角落的诸多细节，是那些繁华逝去后的斑斑遗迹，还有那种说不清道不明、又总是撩人心神的神秘气氛。这里，由于房屋拥挤，一条条弄子曲里拐弯、幽深宁静，显得特别逼仄，须仰头才能看见天光。其中有一条弄子稍稍大些，据说，就是旧日的商业街。低头但见路石光滑溜亮，可知当初的人气。沿街行，旧铺面果然不少，每隔几步就有一间，有药店、花店、豆腐店等，还有一间客店。这里或那里，斑驳的墙皮上，共和国领袖的语录时而入眼，都是黑漆写的，残留了那个时代的印记。几户砖石的门庭上，老旧的楹联佳句或清晰或模糊，似暗藏玄机，让人浮想。其中有一副爬满了青苔的古对联，题作"圣恩天广大，文治日精华"，乍一见，着实让人心中一动。试品之，君主的恩泽像天空一样宽广阔大，文治精神如同太阳的光华烛照万民。虽说脱不了一副皇奴心态，可那气象确实不小。这副对联当然并不鲜见，很多地方都有，但放在这里，在这个偏僻的小山村，多少也表明了宅子主人的见识与视野。再过去，村子的西端，有一小山包，村人叫虎头山。那里，一座废弃的书院寂寂独存，栉风沐雨，虽尘封已久，但旧貌依然。自古村中的数十个读书人，都是从这里走出来。刻有上述对联的老宅子，主人韩步衢就是清朝中期的一个贡生。听闻他靠做染料起家，终成一方财主，生意和田产一度遍及周遭的数县。

还有一个，就不能不说是奇迹了。这里，竟然保留了完整的摩尼教信仰。

史料载，摩尼教，最早由古波斯人摩尼于 3 世纪创立，唐时传入中土。摩尼教在中国，又称明教、白莲教等，每每和朝廷武装对抗。

历史上的红巾军起义和白莲教起义就是由摩尼教信众掀起的。到了明初，起先利用明教势力登上了皇位的朱元璋，由于害怕它日后威胁到自己的统治，不惜过河拆桥，给它扣上一顶"左道邪术"的帽子加以禁绝。摩尼教在中国由此转入地下，几近消亡。想不到，却在这个偏僻的小山村得以存续。据考，目前全世界范围内仅有两处摩尼教信仰遗存，一处是泉州草庵寺，是物态的；一处就是降龙村，是活态的。降龙村的摩尼教，供奉摩尼光佛，佛像一共三尊，据说是韩姓先祖德斌公于清乾隆年间在闽清一带做生意时带回的，所以又叫"闽清佛"。此中还有一个小故事，不提也罢。在降龙，家家户户都信仰摩尼光佛，厅头的神榜上都以摩尼光佛为神主，并且形成了一整套以木偶戏为表现形式的宗教科仪。每年的农历五月初五，相传是摩尼光佛的诞辰日，这一天，村民们都会自发组织一场盛大的活动，半是庆祝，半是祈福消灾。也就是说，数百年来，摩尼光佛一直就存活于这方民众的心中，直到近年，才渐渐为外界所闻。

关于降龙村的前世今生，自古还流传着这样一句话，说是："兴了一个横垄，毁了周围十八墩。"降龙，旧称横垄；墩，本地话即村庄的意思。这话大有深意，背后隐藏着一段凄惨而美丽的野史传奇。

降龙村的韩氏宗祠，内部分成上下两座。相传，韩氏先祖的泥身放在上座，有一次，搬到下座，不料，祠堂莫名其妙着火，这火，什么地方都不烧，单单把安放祖先的神龛烧了。就烧那一点地方。人们心中起疑，又百思不得其解，最终去卜问神明，得到答案是：那个地方别人不可以坐，底下有更大的人物。后来祠堂扩建时，果真从地底下挖出一口红漆棺材来，极尽豪华，足有半人高。根据后人推测，棺材里躺的不是一般人，乃是一个逃难的皇帝。那个时候，还没有降龙村，这一带另有大小 18 个小村。其中的一个，就是前文故事里说的溪柄。皇帝逃到此地之后，悄悄隐居在一个岩洞里，由一个姓彭的亲信在山下置地耕种，暗中供给。其间，这位皇帝还迎娶了溪柄的一个饲鸭女子，封为皇后。逃难的皇帝那也是皇帝，小小的溪柄因为沾了皇家的贵气，一度相当兴盛，不但建有高大气派的祠堂、专门的拴马栏，还开设有绸缎店等各种商铺。不幸，没过多久这 18 个小村就全被灭了，皇帝也死了。这里，经历了一场惨绝人寰的屠戮之后，又恢复到了原来的平静。

当地传，这位皇帝就是建文帝朱允炆。当初靖难之变后，建文帝朱允炆就流落在这一带。后来，明成祖朱棣的人马闻风而至将他赶尽杀绝，顺带灭了周围 18 村。其实，这个说法值得推敲。就在明英宗天顺二年，即 1458 年，降龙的先民就来到这里肇基了。此时离靖难之变（1399）仅仅过去了不到 60 年。果真如是，故事应该非常清晰具体。特别前垅村就近在咫尺，当地人不会没有记忆。要知道，早在明朝初年，前垅就已经是一个乡村了。

降龙村的迷雾

◎ 吴　曦

降龙村的雾，缥缈虚幻，迷离恍惚，如同一张无边无际的纱幔，徐徐地舒展开，又重重叠叠地错落着。一层一层的雾，若即若离，相互依偎。簇拥着，牵扯着，丝丝缕缕，飘飘逸逸。当你全神贯注地凝视时，雾便静止了，像是被钉住或者胶住了一般。天像苍茫，让你眩晕，突然感觉时间也停止了。要是稍不留神，那雾又瞬间如过眼云烟，消融在寥廓的天宇之间。

这是站在降龙村口仰头看雾的情形。要是站在高处往下看，则又是另一番景象了。一张天网笼着古老的瓦房部落。褐色的接近于暗黑的瓦，匍匐着屋顶，向着周遭逶迤。透过那雾的朦胧，你可以感受到这个村庄凤凰展翅般的姿态与格局；想象着它曾经有过的气派与鼎盛。街弄纵横，里巷交错，曲径通幽。酒肆、茶行、商铺、钱庄……还有宗祠、庙观、炮楼、歇亭、书院、水碓、古道……这是村庄的血肉，岁月的筋骨，历史的经纬。谜一样的村庄。无论是正史、野史，还是民间传说，都像降龙村的重重谜雾一般，始终氤氲着一种神秘的色彩。那假坟、沉棺、龙亭、皇帝崆……更有那"降龙"的村名，故名思义，始终与一个人有关，与一个朝代牵扯。

一

火是从宫殿中央烧起来的。这是龙宫的核心，是皇上每天要在这里昭示天下，向世人彰显龙威的地方。这样的地方怎么会起火呢？这火烧得踟蹰、缓慢且从容。火势并不迅猛，却有几分迟钝。似乎在留恋甚至欣赏着什么？火所过之处不是吞噬而是舐吻。

宫廷里所有的灯盏都亮了，如同无数只眼睛窥视着这一场火的狂欢。

朱允炆，这位由明太祖洪武帝朱元璋亲自定下皇位的皇太孙，注定与一场火有关。他的名字暗示了这样一种结局，永远无法摆脱的宿命。即使不是这场火，仍然会有另外一场火等着他。

觊觎皇位已久的燕王朱棣，这一刻已经挥师南下，来势汹汹直逼皇宫。那阵势，确实让尚年轻的侄子建文帝心惊胆寒。建文帝立马提议划江而治，愿意将一半江山拱手让给叔叔朱棣。他派姑妈庆成公主前去与朱棣谈判，确切地说是求情。朱棣根本不买账。他对庆成公主说："我们这位侄儿太不懂事了。要不是他逼我逼得太甚，削藩，削藩，就差一点没把我的脑袋给削了，我也不会下这么一步狠棋。但我不是夺他的江山，而是清君侧，帮他保咱们太祖的江山。"

几乎所有的皇族成员，都逃脱不了同室操戈的命运。争斗的双方均是出师有名，振振有词。不是削藩就是清君侧。但却一个比一个无情；一个比一个残忍。

对于帝王，生命的体面结局便是驾崩，除此之外便是耻辱。年轻的建文帝在与自己二叔朱棣的较量中，最终选择与自己的名字密切相关的火作为生命最后的归宿。

火的缓慢让朱允炆的消失显得不那么仓促。而它的冷酷无情则让一场叔侄的较量有了一个完美但却扑朔迷离的结局。

一场火改写了一代帝王的命运。

一场火颠覆了整整一个朝代。

二

时序刚刚秋夏之交，山野没了这个季节应有的明丽，过早地显露出晚秋的萧瑟。茶盐古道两旁的草木神情肃穆。长长的古道上行走着一干人马，一律挑夫或商人打扮。只有一位骑马者与众不同。

和爹一起走在前头引路的韩春燕，显得特别忙碌。她走走停停，停停走走，不时止步回望身后，看看有否掉队的；或者跑到队伍中间，关顾这个，叮嘱那个。她的脚步轻捷且欢快，没有一点疲倦的感觉。她尤其喜欢跑到这位骑马者身旁，用手摸摸马的面孔，或者那发亮的马鬃。这是一匹剽悍的白马，有着一副俊朗的马脸，或者抬头仰望马上的人。她知道，此行就是为着马背上这位年轻男子的安危。

韩春燕从小在古道旁长大，目睹了乡亲们挑着茶担，沿古道到大山外换盐。她和小伙伴经常在这古道上玩耍。稍大之后，就跟着大人们，或者哥哥姐姐们沿着古道上山砍柴割草。

明建文四年（1403），春燕正好满 18 岁，第一次跟着爹，挑着茶担走出大山，走到很远很远的山外。又从很远很远的山外挑盐回来。有一回，春燕和爹在广州城的街头，看到有人在要绳技，她被迷住了，缠着向人家学艺。回家后就没日没夜地练，几乎废寝忘食。后来每回挑茶出去，到哪个城市，就在这个城市的街头卖艺要绳技。

两个月前，春燕和爹来到了六朝古都南京。一天在街头要绳技时，被朝廷护卫统领盯上了，要他们父女俩用绳技帮助救一位朝廷命官。

过了几日，护卫统领一边安排春燕爹待在城外。一边把春燕偷偷领进宫里。这时的宫里已经聚集了 300 多名剃着光头、穿着袈裟的僧人。统领指着其中一位对春燕说："这就是我们要护送出去的朝廷命官。"

春燕把那人打量了一下，发现那人与众不同。哪里不同？她又一时说不清楚。

这时的南京已经兵临城下，燕王朱棣的部队，把整个南京城围得像个铁桶般水泄不通，插翅难逃。火光冲天，杀声阵阵。燕王密令，见到建文帝先杀了再说，谁先杀了建文帝谁就立下头等大功。

那装扮成僧人的"朝廷命官"，混在300多位"和尚"当中，在护卫统领的率领和指挥下，摸黑出了宫殿。韩春燕看见，当那命官回首望向宫殿的时候，一条火龙从宫殿的中央冲天而起。火光照亮了大半个南京城。而命官的脸却一下子暗了。随后，一队人马瞬息消失在黑暗之中。

黑暗中的僧人，一连闯过了四五道关口，最后是一道横亘在面前的高大城墙。似乎早有预料且胸有成竹的统领，吩咐春燕将早已准备好的一盘绳索取出来。绳索的一半就由统领紧紧抓住。春燕拉开一丈远的距离后，就把绳头向天上抛去。一下、两下、三下……越抛飞得越高，直直飞到天上去了，就好像有人在天上接应一样。只见那绳索斜斜地越过南京城那高大的城墙。统领用力一拉，绳子绷直了，如同空中架起了一道天桥。统领轻轻喊一声"走"，春燕拉起那命官腾空跃上绳索。在春燕手拉着手的助力下，那命官斜斜向上走去。以至于到后来是腾腾腾地跑进了黑暗之中，越过了南京城的城墙，不见了。

城墙外，统领早已安排了也是和尚装扮的十来位宫廷护卫还有春燕爹一起接应。

逃离了南京城的队伍，一路向南，向南。

临近福建时，护卫们感谢春燕父女。为了不连累父女俩，让他们就此止步打道回家。春燕爹说："你们这样漫无目的地逃命也不是个事。若不嫌弃，不如先到我们家乡避避难。"

于是，春燕父女领着一队人马，直奔屏南寿山。

途经宁德上金贝的华严寺时，那"朝廷命官"被寺的格局与气派所吸引，便在寺里小住数日，过了一阵晨钟暮鼓、吃斋拜佛的日子。

为了答谢收留之恩，命官把身上的那件袈裟留在了华严寺。

离开时，那些随从"和尚"又装扮成挑夫或者茶商，继续上路了。

现在，这一众人马正行走在去往寿山的茶盐古道上。

为了不惊动乡人，引来不必要的麻烦，春燕父女已与那命官和随从商议，先到山上的石崆避一避，待一段时日后，何去何从再做定夺。于是，那命官和随从，在春燕父女的带领下，悄悄潜入村后的深山老林中。

这里林深树茂，山峦叠嶂。林中的溪涧里有个岩窟，窟檐上隐隐可见一道水帘如轻纱般飘落而下，仿佛《西游记》里孙大圣曾经藏身的水帘洞。岩窟可容纳十余人。春燕砍柴时，常在这里避雨。虽有瀑布，但人从帘边侧入，不被淋湿，十分隐蔽。

待安顿好一众人马之后，春燕父女俩又悄悄潜入村里回到家中。翌日，两人又把筹备好的食物悄悄弄上山去……

三

所有人都被眼前的一幕惊得目瞪口呆。这是一口巨大的棺椁，红色的油漆闪闪发亮，火焰般耀眼。铁镐下去，发出金属般的碰撞声。有人喊："别再挖了，看看究竟是怎么回事。"

众人歇了手脚，深感纳闷和好奇地面面相觑。

这天正在为修建韩氏祠堂挖地基。工程刚刚动工，就出现这等奇事，人们议论纷纷。在当地，百姓丧葬都是火化。用如此高规格且又高贵的木棺厚葬，可见丧主的身份之高贵了。可见这是一块福地。刚开始开挖祠堂地基，就挖出一口红色巨棺，真是好彩头呀！于是人们不敢怠慢，用了九牛二虎之力，小心翼翼地将巨棺完美无缺地取出，并安放在祠堂外的一块空地上。谁料当天晚上天色骤变，狂风呼啸，电闪雷鸣，暴雨倾盆。第二天雨后天晴，那火红的巨棺却不翼而飞，不见踪影了。这让人们更加目瞪口呆，百思不得其解。

那年正是明弘历年，距当年春燕父女用绳技救出所谓"朝廷命官"建文帝，又一路护送南下，且将其藏在岩峒中，至今已有85年了。那么这火红色的巨棺中安葬着的难道就是建文帝吗？倘若是，那他又是为何驾崩的？春燕爹应该早就不在人世了。春燕如果还健在，应该也有100多岁了吧？而今又在何方呢？无论是真是假，善良的人们与其信其假，不如信其真。于是，在安放巨棺的地方建起了一座亭子，曰"龙亭"。韩氏祠堂也加快了建造速度。不久，一座布局完整，有戏台、旗杆，格局气派的四进厅祠堂落成了。祠堂建成后更是奇事连连。在祠堂正殿中央安放祖先神牌时，香炉突然莫名其妙地起火坍塌了。

火，又是火。总是与这个"炆"字有关。难道这又是一场巧合？

四

大凡到过降龙村的人，几乎都被那些历史的遗迹、相传的野史和民间的故事所吸引，怀着探秘的心态，猜谜的情趣，试图揭开雾一般迷离恍惚的真相。也许发现了什么，也许揭开了冰山一角，也许什么蛛丝马迹都没有发现。甚至越猜谜越迷糊，直至一头雾水。历史从来就没有清醒过，也从来就没有清楚过。历史本身就是"一头雾水"。

尽管如此，当人们离开降龙村的时候，还是惬意满满，收获多多。谜底并不重要，重要的是已经来过了，见过了，也经历了这样一个寻访、探秘和猜谜的过程。如同在迷宫中寻找出口一样惊险和刺激。显然，人们在离开时，心中已经有了一新一旧两个降龙村，历史的和当下的。历史的降龙村迷雾重重，仿佛一道千古谜题，吸引着人们趋之若鹜去解密；当下的降龙村清新俊秀，散发着淡淡的典雅气息，犹如一位待字闺中的淑女，同样吸引着人们前去观光、探访，一睹芳容。

降龙秘境

◎ 诗 音

降龙，一个迷雾重重的神秘古村。

深山丛林最易隐藏，也最易被遮蔽。降龙古村，就像一件古物，一本秘笈，隐秘地潜藏深山，时间久了，几乎被时光湮没，被人们遗忘。关于降龙古村，县志上没有任何有关记载。多年以前，因为编辑《民间歌谣集》，我曾来过降龙村所在的闽东屏南参加编审会。各地来的与会者，大多也算是对民间文化有点兴趣，其中不乏掠奇高手。编审之余，我们四处寻幽探密，其间并没听说过有这么一个特别的降龙村。也许当初韩氏先祖选址降龙，除了风水上的考虑，或许也是有意隐藏，不想引人注目。然而，不论是为了避祸，有心韬光养晦，还是被无意覆盖遮蔽，蛰伏静默久了，四季变更，风霜雨露，不免苔痕斑驳。其间种种隔膜、误解、陌生化、距离感，使当年神秘的不神秘的都蒙上了一重神秘色彩。尤其是那些曾经有过灿烂文明的，有一天突然消失了，坚固的城池，风化，剥蚀，蜕变，消解，湮灭；完整的变碎裂，明晰的变模糊，漫漶，断续，零落，留下的断壁残垣，断简残编，尤其让人想象丰富。繁华过后的沉寂、废墟，因其深厚的蕴含，扑簌迷离的悬疑，错综复杂的谜团，更是滋生神秘的肥沃土壤。

在洪都拉斯的科潘，两位资深旅行家在当地印地安人的带领下，用大刀在潮湿的热带丛林中清理出一条道路，路尽头，发现了类似金字塔的建筑、石碑、石碑上面目狰狞的人像浮雕和密密麻麻的象形文字。这样，隐藏在一片灌木丛中的玛雅文明，才以神秘的面目，惊现世人面前。我不知道，降龙村是怎么引起人们注意的。我来到降龙村时，是一个深秋的傍晚。

其实，多年之后，我再一次踏上这个县域时，我只知道我将要受托写一篇有关当地的文章，我并不知道我将要去的具体村落和所要写的内容。当我在选题会上被告知，我要去的是降龙古村时，我还是第一次听到 "降龙村"这村名。据说，这个古村有"沉棺之谜"。我问县作协主席："有遗迹吗？"说："有。"又问："看得见沉棺吗？"回答："看不见。"我觉得自己脑残废话，"沉"棺既沉，如何得见？又不是武夷山高崖峭壁上的那种悬棺。随即我脑海里浮现出一幅画面：群山下，草木葱茏的岩石间，有个深潭，潭水碧绿深幽，一口木质厚重的漆红棺木，几根铁链吊着沉在潭底。后来回想起来，我脑海里为什么会出现这样的图像，可能是与来时沿途看到的霍童溪畔景致有关。

深秋的山中，略带寒意，空气清新，夹杂着泥土和草木气息，时而隐约飘来清冽的桂香。芦狄花穗已绽开银白紫红，瑟瑟迎风。枫树、乌桕还在渐变叶色。除了几棵落叶树和枯树，裸露空枝，一些树冠略显稀疏，大多树木依然绿荫蓊郁，只是色泽有些暗涩，但山道旁、石阶上，还是铺满潮湿的落叶。落叶间，有小指肚头大的锥栗散落，捡一颗小坚果，咬破浅棕褐硬壳，果肉润泽白皙，在齿颊间有淀粉感，有些微清苦，随即沁出清甜，弥漫开来，苦味消失，满口清香。中午饭桌上，那寸长条的鸳鸯面，就是由山中的鸳鸯果磨浆制成。据说鸳鸯果，成对聚生，又因山中鸳鸯溪的鸳鸯喜食，由此得名。我不认识鸳鸯果，不知道是否类似锥栗，但我认识黑木耳。行走山中，在长满青苔的湿黑岩壁，或藤蔓绕枝的古树老干上，很容易见到野生的黑木耳菌菇之类。野果也多，最奇怪的是，这个季节还可见到红红的树莓，成串成串聚生。记忆里小时候吃树莓是在割稻季节，日头炎炎，红红的小浆果酸酸甜甜，解馋又解渴，只是这种小灌木多刺，采摘时指尖被扎得酸麻酸麻。山中花开花谢，果熟自落。大自然丰盈而充满生机，却又如此缄默。这样的山中，降龙村隐藏得很好，虽经时代烽烟，也算保存得较完整，唯有时间漫漶出的损伤和旧色，无法抵御。

古村背靠秀丽的三衿山，竹海摇翠，古木苍郁，屋舍俨然。黑瓦顶层叠错落，鳞次栉比。高出屋瓦的防火墙顶，挑三线密砌排檐砖，上覆小青瓦，青瓦脊檐随人字屋面坡度，蜿蜒出一道波浪，又一道波浪，宛如一顶顶古代官帽；或层层跌落，呈平行阶梯状，随庭院进深而两叠式，或三叠式、四叠式，高低起落。顶端马头，或金印式，或朝笏式，或吻兽式，最引人的是高高翘起的鹊尾式。村边有一两房屋坍塌了，消失了，防火墙犹自高昂翘角，巍然耸立，并无半点颓丧和废墟感，仿佛本来是，纯粹是，就是一尊尊雕塑。其实，村口外，降龙村村标，就是一高一低两半截稍作相向的防火墙雕塑，马头高低错落，高高翘起三个鹊尾，不同的是，土红色墙体像胸前有补子的官袍，一个补子图纹是"降龙"两字，一个补子图纹是浅雕"云龙"。站在村外山道上，映入眼帘的，就是这样一幅线条极美的黑白版画。而村边那棵老柿树，叶子落尽，苍古遒曲的枝丫挂满柿子，红灯笼似的，特别喜气，衬着古朴的高墙黑瓦，飞檐翘角，反差鲜明，又浑然和谐。

因为村落地势落差 30 多米，进村如入深井，要下一条青石阶梯，阶梯黑湿有苔痕，两旁花木扶疏。村口一风水湖。村西，龙潭溪由北往南绕村向东南霍童溪而去。村东，车带溪由东往西绕村汇入龙潭溪。东向水尾有天后宫。西向水尾老杉树和枫树下，有青石垒成的当境明王殿，守护村庄。秋日枫红杉翠草黄绿，倒影水中，真是美景。

北向有九子菩萨殿。而村子四周有高高的土城墙环绕，4个古城门皆炮楼矗立，而今只余斜阳残照，或梦雨飘洒，萧瑟荒冷。

我绕湖进村，穿街过巷，大多是明清古宅。夯土墙白粉脱落，露出黄泥，气势犹在，高大方正，威严端庄。街巷因此越发幽深狭窄，分不清是街是巷。街巷寂静，有些瓦楞上瓦松青青，苔藓漫生于瓦檐、路边、墙脚石缝。村子看去还算整洁。房门大多紧闭，不见村人。也有门框上还挂着菖蒲艾草，不知是哪个端午节留下的，枯干灰暗如它背后的古旧板壁。偶尔看到竹竿上晾晒着衣物棉被，几扇贴着红对联的门里，透出有人居住的气息和暖意。

蜿蜒于老宅古屋间的青石板巷道如藤蔓，迷宫似的纵横交错，往左往右，或向上变成一级级阶路，过城门，通往村外。谁能想到，这里曾经是茶盐古道的重要驿站，曾经街市繁华。当年村里主要街道两旁有众多商铺，茶行、商行、油坊、客栈、花店、药材店、糕饼店、豆腐店、杂货店之类一家家开过去。街市商贾云集，行人官员往来，最繁忙的是那些南来北往的挑夫，鸡声茅店月，人迹板桥霜，踏踏的脚步将古道卵石磨得溜光，反射出灼人的炎日烈焰，也窝着迷幻的清冷月光。山里的一担担茶叶、烟叶、木材、笋干、菌菇干、硋瓷、红釉、土纸挑往宁德，在沿海换取盐、咸鱼、鲞干、腌虾蟹之类海货。如果古道上见到那些穿单麻布衫而又有排领的挑夫，不用问就知道有降龙村人。村人收割了单季稻谷和番薯后，农闲便去当挑夫。多数是为雇主挑货，早起喝一碗热腾腾提神滋补的蛋茶，带上草包饭和一小壶黄酒，挑起百来斤重的担子，踏上古道，翻山越岭而去。漫漫长路，严寒酷暑，双腿青筋暴涨，甚至压断脚筋，其间艰辛劳苦只有挑夫自己知道。遇上年节，挑海鲜，或正赶上黄瓜渔汛，要“赶鲜黄瓜”，没有更好的保鲜方法，只能在箩筐鱼货上覆一张油纸，或一顶篾盖，拼了命透夜赶路，累倒路上再爬不起来，也是有的。只有少数人挑担自己做买卖。

清乾隆年间，生意做得最大的是韩门下五家的德斌公。那天，我在古街巷看到的"成泰忠记商行"就是他家的商铺。拱形青砖大门，门前平坦的青石路面，大门两边砖墙上各开一扇木条栅栏窗，窗门板敞开着，但门扉紧闭。门对面，满墙的秋海棠娇红翠绿，只是这时节，花叶大多凋萎，只零星孤独的几朵嫣红淡粉瑟缩在秋风中。往上几级石阶，尖顶木门紧闭，门边是木条栅栏窗，看来也是一家商铺。拐个弯，又是一家格局相类的商铺，青瓦檐下，"恭利号自运南北京果杂货酒腐"横木招牌，至今犹在。这是韩门上五家的店铺，不过上五家应验了"富不过三代"，很快败落。而下五家的韩德斌此时正值家业兴盛。

韩德斌手脚勤快，闲不住，活计忙完，一回家就随手拿起锄把这里栽栽那里种种，房前屋后，田园山林，满是他栽种的花树果蔬。他喜欢种植，擅长栽培，家谱上赞他"凡山林草木，一经手植，蔚然茂盛"。也许，正是看上了他的勤勉和种植天赋，40岁那年，他第二任妻子娘家福宁府来了一个人，与他合作"做青"，就是做染料生意。他们包下村里所有的山园种青。"青"是蓼蓝草，农历五月，趁时节栽种，小暑前后和白露前后两期采集，绿叶浸泡腐烂后，与石灰发酵，提取靛青，大批量运到南洋销售，由此发家。有了钱，买田收租，租收了，又买田收租，利滚利，从周边村庄，直到周宁、宁德一带，都有田租收。可惜，做了几年，福宁府人回乡了，南洋那边语言不通，染料生意急剧缩减。曾经满山坡的蓼蓝草，风中翻飞起伏的紫茎绿叶，七八月满山采叶的盛况，八九月淡红花穗开遍的情景，恍若梦境。还是伤在文化不够啊！他再一次深刻体会到"传家至宝，唯在诗书"，学做人，学谋生，知书达理，修身养性。耕读传家，本就是乡村人家遵奉的法典，是家训，也是家风。他除了"寺桥亭路欣然施舍，无吝啬"，也大力倾资，"为子孙计，延师讲教，历年不懈"。

真正的富贵之家，需经历几代的努力。韩德斌浇灌的耕读心血终于开花。儿辈已有人考中秀才。到了孙辈，长孙韩步云，秀才，例赠修职郎。他绮岁能文，但他乐天安命，不以富贵萦怀，成了真正的读书人，以山水为乐，吟诗作画，流传下来的降龙八景诗就是他写的。他也是县志的编撰者之一。他继承父志，"堂构肇鸿图，谋深燕冀诗书。宏世业望，重儒林益"。也就是为后嗣深谋远虑，规划宏伟前程。五子不负众望，皆获功名。五座房屋分列于文儒巷两旁，青石门框对联一律刻着"圣恩天广大""文治日精华"。清咸丰丙辰年，长子启元与叔叔韩步衢同获贡生，祠堂前同时竖起两对旗杆。那光景，真是鲜花着锦，烈火烹油，光宗耀祖啊。二子启亨，童试获童冠，文字赛珠玑，后因"又遇荆棘"未再入榜，也是命途坎坷，当年究竟遭遇怎样的"荆棘"，我们今天已不得而知，但他此后发誓更加精进努力，严督儿孙用功读书，其子孙也不负祖训。清光绪三十一年（1905）仲春重修的韩氏家谱，文字部分就由其曾孙韩良聪攥写，也是笔走龙蛇。绘图部分由上五家的韩传象绘制，有地理图、建筑图、景点图，尤其是上祖容像图，三人或五人，多至十人组合，以一人物为中心，表情神态各异，鲜活生动。这是我所见过的唯一不是面无表情正襟危坐的先祖像，也是我所见过的唯一有彩图的家谱。57幅彩图历经百余年，色泽依然鲜亮如初。韩家后人告诉我，这是用矿物做颜料，弥久不褪色。三子启中、四子启端，读书俱佳，同年共赴考场，恰好主考官也姓韩。主考官说，同门不宜同时录入两名，老三文采更佳，明年再来，老四先录吧。两兄弟回家后，老三媳妇不高兴了，大有怨言："平时都说你文采比弟弟好，今天弟弟金榜题名，你这做兄长的怎么反倒名落孙山了？"老三郁闷不能言，远走他乡去当私塾先生，29岁抑郁而亡，后补为例监生。那座门庭庄严整肃，没门槛的秀才房，就是老三的故宅。老四例赠儒林郎六品顶戴，可惜又应了"富不过三代"的魔咒，后代不继，毁在赌上。五子启正，贡生，其后代还有贡生，再后，曾孙玄孙皆为名牌大学高才生。

韩德斌家业在次孙韩步衢手里达到鼎盛时期。韩步衢自幼聪颖，他既获授贡元牌匾，依旧继承祖业，继续做染料生意，也开茶行，收田租，努力积累家资。生意做到哪，田园买到哪。据说邻村白凌有个财主在降龙开茶行，也在降龙买田地，其家人挑着箩筐来降龙收租，经过街市，铁头杖杆故意在青石路面上敲得笃笃响，那得意轻狂样，韩步衢在店铺里冷眼看着，悠悠地说："不要太张扬了，过五年我到你那儿去收田租。"德斌家人向来遵奉祖训，以读书人为本分，说话谦恭儒雅，待人有礼，做事不张扬。此刻的韩步衢发了这样的豪言，应该成竹在胸，再按捺不住了。果然，五年后韩步衢买下了白凌大片田地。白凌祖宗只能保住最后一丘大田。韩步衢家资雄厚后，除了修路修桥建亭盖房，想到了盖书院。也许，盖书院的想法早就酝酿于心，现在终于可以实现了。书院应该建在村庄最高处，于是，虎头山上出现了一座重檐飞角的殿堂式建筑。几百年后，我站在书院前的坪场上，书院已是人去楼空，霏霏细雨中一片寂静，琅琅读书声早已飘逝在过去年代的烟云中。书堂板壁古旧灰暗，门窗紧闭，如历经沧桑的老者，蹲坐着，默默地俯看全村。书堂后，是私塾先生居住的庭院，青石门楣上隐约可见"鸢飞鱼跃"四字。进门，是天井、厅堂。我站在厅堂廊前，抬头望见天井防火墙头修饰边的一幅彩雕：湖山亭台岩石花树背景中，几个主题画面各自独立，又浑然一体，大抵是"牧童吹笛横牛背""田夫戴月荷锄归""桃花津渡系晚舟"，中间应该还有一个，亭边的人物残损了，看不出什么内容，但也并不影响整幅画面，是极精美的浮雕透雕。两边是花鸟彩塑，保存完好。其他建筑细节也极讲究，可见书院的建造者是怀揣着美好梦想，用过心思的。书院先生，当然也不能含糊，重金聘请了满腹诗书，最有才学的白凌贡生。此后，村里有30多人考取功名，拥有"八大书乡"的美誉。据说，旧日屏邑读书人多，夏月晴天晒书成为一景。降龙书院的先生解衣敞腹而晒，说："你们晒书，我晒腹肚。"

书院后，古道边，曾有一座最富丽豪奢的大宅，韩步衢正雄心勃勃准备建一条百米雨廊与书院相连，但不知何因，大宅建后不久遭火焚了，紧接着便是朝代更迭，风流云散。现在只能看到一截墙基半埋湿土，一对镌刻"降龙新世业，驱鳄旧家风"的青石牌，只剩一块，斜立风雨。曾设想雨廊飞渡的地方，山坡谷壑，已是一片青青竹海，绿荫滴翠。

我不能想象被大火吞噬的这座豪宅有多精美多奢华，单是现在所能看到的五座古宅，就足以让我惊艳。韩步衢只有两个儿子，一个贡生；一个监生，授部政司理问。不知道他为什么要盖那么多房屋。五座古宅，座座有炮楼，里坊相连，互相通达，并与打石楼、碾米楼、炮台、仓楼、晒谷场连成一体。韩步衢大宅，建于清道光年间。青石大门，门额雕花和两边饰花对联皆朱金。对联除了和众宅一样有"圣恩""文治"两联，外门框还有"望重图麟阁""文夸造凤楼"两联。青石箱笼型雕花门墩，花鸟鹿鹤精雕细琢。大门内，庭院深深，天井、甬道苔痕清幽，正厅大堂雕梁画栋，几案、门窗皆精雕细镂，朱金焕彩。一般来说，古宅大厅或正屋，镌刻的文字都比较庄重严肃。比如先前看过的韩步云宅，回廊两边厢房的窗饰对联是"佐汉英功伟，肥唐相业高""架叠名臣疏，堂开宰相花"，历数祖上功德，赞美韩信、韩滉、韩愈、韩琦事迹，以史上韩姓名人为荣耀。还有"筠馆绿分孺子榻，药阑红点邺侯书"，以陈蕃下榻，李泌藏书典故，来显耀书香。但韩步衢家宅的木窗棂，万字回纹细花格上浮嵌的是"雪消池馆初春后""人倚阑干欲暮时"。另两扇字迹残损脱落，看不分明。我没想到大厅正房窗棂会雕上这么绮丽慵懒的诗句。这是宋代吕本中《春日即事》中的一句，是诗人病体初愈，庭院赏春的情境和心情。春天生机蓬勃，蜂蝶上下翻飞，兔葵燕麦摇曳春风，有意或无知，暗衬的却是孤寂幽凄和念思怀远。春日迟迟倚栏杆，一直到夕阳西下，暮云低迷。这样的意境和氛围，恍然将慵倦的病弱诗人形象和昔日屋主人的身影叠印在一起，让人浮想联翩。采风过程中，我一直感觉韩步衢是个精明强干、非常理性果敢的生意人，这样的不忌讳，又陡然翻转出他读书人的浪漫情怀和真性情的一面。其实，走进他的房子，除了大宅特有的气宇轩昂，细节处皆精致讲究，处处可见砖雕石雕泥塑木刻，斗拱替雀，窗扇门扉，皆精工细琢，虽漆色古旧斑驳，但依稀可见当年朱漆描金雕花，黑漆凹槽镶边的华贵绚丽。恍惚中，我竟感觉整座房子就是一张华丽精美的红妆嫁床。据说柱础石雕花时，主家用托盘排出金银，对雕工说，雕出多少石粉，我称给你多少金银。可想见当年是怎样的盛世繁华。

村里还有一处不能忽略的建筑是韩氏祠堂。

这得从村子后门山原始林中的两棵千年老楮树说起。这两棵老楮树现在还在，枝繁叶茂，树径粗大，两个大人都合抱不拢。传说，祖居前堍的财什公在降龙（那时还叫横垄）有一些水田，他每天来耕作都会带着鸡鸭来放养觅食。一天，少了一只母鸡，他怎么也找不到。当年秋收时，母鸡从老楮树下带出了一群小鸡。他再一次认定此乃吉祥之地。于是，他决定从前乾迁来此地。韩氏祠堂是村庄的核心和灵魂，凝心聚力，村庄房屋则以凤凰展翅之形往两山坡布局，坐北朝南，冬不积雪，夏无水患。整个村景格局，宗谱里的"合乡全图"描绘得极细致直观，山岭、峰峦、房屋、田园、树木，甚至一杉一枫两棵树，都历历可见，与我所看到的降龙村实地全景并无二致。

那天，我走进祠堂，只见天井里高高竖着韩步衢的一对石旗杆。两旗斗，一个刻着"虎啸龙吟"，一个刻着"凤翥鸾翔"。韩启元的那对石旗杆不知何时已搬回自家宅门前，如今，石旗杆已不见，只剩了麻石旗杆夹歪斜在宅门前。这里面叔侄俩到底发生了什么事，是不是有些说不清道不明的家长里短的故事，已永远不为人知了。在祠堂正厅，我看到大厅神龛上，中间坐着韩公韩婆，右龛供奉陈靖姑，左龛供奉三尊"摩尼光佛灵相尊公"。传说，清乾隆年间，十一世韩氏先祖德斌公在外经商。一天下午，先祖满载一船货物从泉州一带回来，途经闽清，忽见下游有三个孩童坐在一根木头上，在水中嬉戏。先祖异之，向天祷告，若是神灵，请到吾乡供为神主，保一方平安。祷毕，只见木头逆流而上，漂至船前停下，先祖带回乡里，请雕刻师刻成三尊佛。佛像面相圆润，下颚圆突，身着宽袖僧衣，无扣，胸襟飘带系一蝴蝶结，飘垂于两侧脚部，衣褶简朴流畅，双手置膝，手心朝上，神态庄严慈善。因来自闽清江中，尊称"闽清佛"。

后来有人发现，佛像与泉州草庵摩尼光佛石雕像极相似。摩尼教，本是波斯人摩尼在3世纪所创立，唐代传入中国，也称明教。由于政治原因及宗教间排挤，自唐起，历经禁绝、剿灭、追杀。应该是为了生存，隐匿、掩藏，讳言摩尼光佛的真正来历，并与民间其他宗教融合，才假借了这种传说，成为村民口口相传的"闽清佛"。所以，我一听到漂木起源说，感到似曾相识，就好理解了。我在霞浦八堡做田野调查时，八堡村里供奉的温元帅和康元帅，就是一根木头从坡头东海海面上漂来，往溪流上游逆水而走，被村人捞起，雕成神像的。闽地多山多树林，方言也多样，翻过山头就是另一种方言。民间信仰的神佛仙道也众多，少说也有千种以上。这样的云山雾海中，隐匿并非难事，更何况是这样的深山僻壤。

其实，村中老人另有说法。相传，韩氏肇基始祖财什公，于明天顺二年（1458），由前乾村迁徙到降龙村时，带来两尊佛像，名曰"摩尼光佛灵相尊公"，一尊文身，一尊武身。后来武身像突然莫名失踪，一直下落不明。之后，派系分枝，后人又雕刻了数尊，但均为文身。又有老人忆起：二世祖乡五公和善八公兄弟俩因建祠堂，意见不合，长房迁徙棠口大洋，临行前，将一武身像带走他乡。而家族史上，确有两兄弟为建祠堂分道扬镳之事。就是眼前这座韩氏宗祠，明弘治年间初建时，长房认为在此地建祠，风水没有二房好，兄弟矛盾，长房迁往棠口。二房善八公继续建祠，祠堂建好后，不久，遭火焚毁，就是那次重建，深挖地基时，发现一桩惊天秘密，并发生了一件怪异之事。

前段时间，降龙村几个乡贤，根据老人只言片语的回忆，多方寻找，几经周折，终于在邻村韩氏乡五公支派后裔家中，找到失落了500多年的摩尼光佛武身像。传言得到了证实。但到了十二世的德斌公，为什么要借漂木说来解说佛祖来历呢？后来，我听到的一个故事应该可以解释。传说德斌做"青"生意时，染料都是由福宁府人运往南洋，第一次回来，福宁府人说没赚钱，只剩这些茶饭钱了。第二次出海，海上突然风起云涌，大浪滔天，眼看樯倾楫摧，福宁府人慌忙伏地向天祷告，我平生不做坏事，只上次生意不该私吞了钱财，若能活着回去一定还上，今后好好做人。不久风收浪平，云开日出。德斌公以为佛祖暗助，此后，更加虔心向佛。

那天，我在韩氏祠堂里听到，"沉棺之谜"就发生在祠堂大厅，真是出乎意料。这与我的想象大相径庭。听老人说，就是那次重修扩建祠堂，在大厅地下挖出了一口巨型棺木，有成人胸口高，木材结实沉厚，朱红大漆。村人惊恐失色，不知所措，又怕有人找上门来，费了老大劲，慌忙把棺木移到祠堂外。忽然，天色大变，乌云阴暗下来，电闪雷鸣，暴雨倾盆而下，村人纷纷匆忙逃进祠堂避雨。一顿饭工夫，雨歇云散，祠堂外的棺木却不翼而飞。那么沉的棺木，谁会在雨中就这么轻易抬走？唯一可能，只有沉到地底下了。况且，周边多个村落都曾有过沉棺之说。看那棺木绝非等闲人家。那时乡人做不起大墓，丧葬都是火化，一个小瓮而已。周边没见到那么大的坟茔。当初建祠堪选吉地，也没见有坟茔迹象。但动了人家棺木毕竟大忌。于是，村人挖出原先地下护棺石墙的石头，在祠堂大厅后垒了一个假墓，以便棺主后人寻来，也有个祭扫之处。现在，我们还可以看到，祠堂左后侧地面上隆起一个毛石砌成的拱形墓顶。还有当年村人在祠堂门外沉棺处盖的一个"龙亭"。

但那究竟是谁家的棺木呢？为什么亭子取名"龙亭"？联想到祠堂后的三衿山，山峰景致秀丽，峰顶岩崖奇崛，杉松古木苍郁，竹海荡漾，岩崖下有个山洞叫皇帝崆，此名应该是有来历的，而祠堂后确实有一条路通到皇帝崆，那路径的宽度，恰好适合平板车运送棺木，难道果真是皇帝？村民将许多零散碎片拼接在一起，竟露出了明朝第一谜案的端倪。

明洪武三十一年（1398），明太祖朱元璋驾崩，皇孙朱允炆继承皇位，即为年轻的建文帝。因其行仁政，去苛弊，大力削藩，导致了各地藩王不满。叔叔燕王朱棣，打着"清君侧"的旗号，发动了"靖难之役"。明建文四年（1402）六月，燕军直逼南京城下，混战中，城内皇宫一片火海，建文帝不知所踪。

《明太宗实录》载："上望见宫中烟起，急遣中使往救。至已不及。中使出其尸于火，还白上。上哭曰：果然若是痴騃耶？吾来为扶翼尔为善，尔竟不谅，而遽至此乎……壬申，备礼葬建文君。遣官致祭，辍朝三日。"灰烬中，太监抬出几具烧焦了的残骸，已无法辨认。"礼葬建文君"，以什么礼殡葬？墓又在何处？没有文字记载，也无实物。连明成祖朱棣自己都不相信建文帝真的自焚而死。《明史·胡濙传》载，朱棣怀疑建文帝逃亡，先派户科都给事中胡濙暗中寻找了 14 年。其间，胡濙老母亲去世，朱棣都没让回家守孝。明永乐二十一年（1423）的一个深夜，皇帝都已就寝，听到胡濙拜谒，立刻召见。胡濙将自己知道的所有事情都告诉了皇帝，谈到四更天才离去。建文帝的下落，确实让朱棣寝食难安。

明朝 260 多年历史，民间一直流传建文帝各种下落传说。

300 多年后，清朝主持编写《明史》，参与编修者皆饱学之士，搜集了大量官、私史料，结论还是扑朔迷离，除了"谷王橞及李景隆叛，纳燕兵，都城陷。宫中火起，帝不知所终。燕王遣中使出帝后尸于火中，越八日壬申葬之"，又加了一句"或云帝由地道出亡"。

野史载：建文四年（1402）六月，朱允炆听从翰林院编修程济建议，借纵火出走流亡。少监王钺请出高皇帝升天前留下的红色宝匣，得到三张度牒，写着"应文""应能""应贤"，及袈裟、僧帽、僧鞋、剃刀，银元宝十锭等。度牒写道："应文从鬼门出，其余人等从水关御沟而行，薄暮时分在神乐观的西房汇合。"程济为朱允炆落发，其余均剃度改装随从，杨应能、叶希贤、程济三人不离建文帝左右，6人往来运送衣食，其余遥为应援。一行22人开始了茫茫的流亡生涯。有人说他遁迹于云南深山，有人说他到了四川，有人说湖南湖北有其踪影，有人说他下江南，到过江浙，最后到了福建。郑和在福州雪峰寺遇见逃亡中的建文帝。郑和握有数万兵马，正准备下西洋。建文帝有意招揽郑和跟随自己共抗明成祖，但郑和一边给建文帝揉着脚，一边哭着说："我不能！"随后离去，但没有上报皇帝。

又过去300年，宁德金涵畲族乡上金贝村发现了一座古墓。古墓陵墙上两龙头，是典型的明初闭嘴龙造型。舍利塔上碑文刻有"御赐金襕佛曰圆明大师第三代沧海珠禅师之塔"，塔底座纹饰以及墓碑底座的纹饰，与明孝陵的各个构件纹饰极为相似。还有霍童支提寺龙袍袈裟之类旧物陈迹。各种物件文字似乎都指向墓主高僧是失踪了的建文帝。证据凿凿，沸沸扬扬了一阵，但最终文物局澄明不是。

而韩氏宗谱载"皇帝崆的传说"：建文帝逃难到闽东安定后，大家要为他选配一位娘娘。有个晚上，建文帝梦见五龙缠柱女，次日将梦境说给亲信。这天他们路过凉亭歇脚时，遇见溪柄一牧鸭姑娘白玉，赶着鸭子也路过凉亭。她不经意间将沾满泥巴的手擦抹到亭柱上，留下五个手指印痕，形如五龙缠柱。于是白玉姑娘成了娘娘。溪柄也迅速兴盛。朱棣闻讯后，派兵来闽剿杀。溪柄村和附近18个村庄遭毁灭，建文帝闻风而逃，躲藏到降龙后山岩洞里。那洞极隐秘，有水流从洞门垂挂而下如水帘，洞顶岩石光滑，呈虾红色，如霞光映照。后来，有个彭姓人到山下买地耕作，给皇帝供钱粮。建文帝死后，被闽东北庶民敬为土主，列神位为当境明王，岩洞就叫皇帝崆。所以，也有人认为，降龙村的明教是建文帝带来的，想效仿皇爷爷，借明教腾空再起。这种说法似乎也有道理。我想到，降龙村本名为横垄，有说是因村北那条龙势山脉，也有说是村南有一条东西横贯的深壑，本地方言称深谷为"垄"，由此得名。但不管什么原因，"横垄"之名，方言叫着叫着就叫成了"降龙"，隐隐中似有天意。难道果真是"潜龙福地"？但白玉娘娘的故事，似乎应该是五代闽王选皇后的传说。

相传，祠堂建起后，又出现了怪事。韩公韩婆请上龛位的当晚，神龛突然烧塌。村人疑惧。占卜说，此位不是凡人所能坐享。于是，村人又在正厅后面，沿山坡建一后厅，来供奉韩公韩婆。我到祠堂的时候，韩公韩婆已经又搬回前厅。后厅龛位上是空的。站在后厅廊前，视野开阔，越过前厅屋脊，可看到南面的山峰，左边梅子山，右边韩家山，中间一座山峰就是马啸垱，形如马首，马面朝外，朝向龙潭溪那边。晴天，烟云散去，可以看见马啸垱后面的山峰，重重叠叠，波浪一样，一重一重涌向远方。

种种传说，如山中云烟雾絮，飘飘绕绕。

但摩尼教在历经唐、宋、明三朝三次剿杀重创，到清朝几乎彻底失去活动痕迹时，在茶盐古道边的降龙村却能够如此生机勃勃地存活至今，实在也是奇迹。降龙人几百年来，家家户户厅堂都贴红纸神榜，供奉摩尼光佛神位。方圆百里乡民皆口称"闽清佛"。每年农历正月初五，佛祖生日，祠堂举行隆重祭祀。家家户户敬奉果蔬，烧香磕头祭拜。祠堂里香烟缭绕，鞭炮声不绝于耳，天井白雾弥漫，地面红毯似的铺了厚厚一层鞭炮碎屑，扫起来能堆成一座小山包。晚餐后，祠堂大厅地面铺上稻草荐，村童在草荐上进行摔跤比赛，热闹嬉戏，通宵达旦。小孩摔倒在草荐上，大家就把稻草盖在孩子身上，让他们从草堆中钻出来，仿佛先祖在闽清江中看到佛祖玩水。福首们也会被大家抬着扔上草荐，据说被摔到草荐的人会去除晦气，带来安康，散落的稻草抱回家铺猪圈，会驱猪瘟。周边村民有出远门或做生意，都会在农历正月初五凌晨赶来烧第一炉香。平时遇事，也会赶来烧香磕拜，请求护佑。据说，摩尼光佛每日会跟随最早出村的人去各处游玩。邻村人见降龙村人来做客，都要先敬奉佛祖，热情相待。有孵小鸡的或酿酒的人家，都会请降龙村人到家中坐坐，以最尊贵的礼节捧上蛋茶，招待客人。客人代表佛祖，随手拿起一双筷子或一张红纸条之类，放鸡窝里，同时念念有词地祝祷："卵啊卵啊，个个孵出好小鸡。小鸡就会顺利孵出。"酿酒也是。客人用木质酒拌在酒坛子里搅搅，祷念："好酒好酒，真好酒啊。"酒浆发酵时，无论酒泡怎么闹腾满举起来，都不会漫溢到酒坛外。酿出的酒，量足质美，醇香甘冽。有意思的是，摩尼光佛历经劫难，在降龙村转化为了孩童佛，或者说，在村民眼里是个可爱的孩童佛，活泼、好动、爱玩、爱跟人开玩笑，也会淘气、顽皮，喜欢热闹，什么都爱参与，对什么都充满好奇心。就像我们常说的"小孩手脚没捆过"。到人家里串门，爱这里摸摸，那里动动，有时就把东西碰坏了，或者鸡孵不出了，或者酿酒翻了坛，或让锅里米粿炊不熟，豆腐做不成了。魔芋磨浆，加碱，不能像往常那样凝固，莫名其妙变成汤水了。如果外村出现这情况，就会相互悄声探问，今天有没有降龙村人来过？人们做事都要虔心认真，好话祝祷一番。

过完佛祖生日，农历正月初十祭祖日，祠堂又要热闹了。初十凌晨，天色未明，村民前往梨村祖殿恭请韩公香火。法师将香火请入轿亭中抬回村里，一路上五色彩旗经幡飘扬，锣鼓喧腾，经过凉亭和村庄时，更是礼炮震天，贴上鲜亮的红纸告示："择正月初十日前往梨村祖殿恭请韩公香火，路经贵处，获福无疆。降龙境弟子叩。"香火迎进祠堂后，福首把备好的全猪摆上供桌，村民各备礼炮祭品也一一摆上。一盘盘金黄的元宝状糍粑、果蔬、菜肴，都贴上红纸条，一片喜气吉祥。

戏当然要有。古戏台就在祠堂里。逢年过节，必定要请戏班来演三天。村人许愿还愿、16岁以下孩童祈求平安"过关"仪式、老人过世"做大夜"，除了请法师做法事，还要请木偶戏班，以祈求安康兴旺。屏南本就是个戏窝子，四平戏、评讲戏、乱弹戏，什么戏没有？提线木偶戏班，降龙村里就有。以摩尼教的"贞明为坛号的"寿发堂"，由韩氏八代祖起，至少传承了十二世，是屏南最早的四平傀儡坛班之一。上辈流传下这样的说法：凡遇人戏班和木偶戏同场地演出，人戏班要先拜"木偶老爷"；祠堂请戏班唱神戏，先要演木偶戏；木偶戏没开场，其他戏不敢响锣；木偶班未歇锣，其他戏不敢先收场。降龙村原有提线木偶一百四十四身，流传下来的只剩了十多身。这些古老的木偶，都是明朝崇祯年间的老人了，穿过300多年的时光烟云，红袍绿衣蓝卦花裳已有破损，但戏衣旧时艳色犹在，犹如他们永远不会老去的容颜。那些木偶，似乎有灵有魂，有的眉眼俊秀，笑意微露，意味深长；有的面相奇特，表情怪异，神秘而魅惑，让人心生畏惧，不敢轻慢，不知道是因为几百年光阴的浸泡，还是与木偶戏多演神戏有关，还是与明教有关。

美食当然也有，我似乎闻到了从降龙村过去年节飘来的香味。供桌上的全猪，让我想到了降龙村历史悠久的全猪宴。我第一次吃到筒骨酒，真是被那美味醉倒。那是用猪筒骨和降龙村酿的红曲黄酒，不加水长时间炖煮而成，尖锐锋利的酒气被蒸发，只留下米酒绵软柔和的醇香和筒骨之香，贴骨肉细腻滋润甘美，散发微醉的鲜香，汤汁微蕴酒味，如含苞欲绽的花蕊，似有似无的酸甜，清美可口，据说是妇人坐月子吃的滋补品，也是宴客佳肴。肠中肠是药膳，肠套肠，能套四至八层。宴席上听了主人讲解，还是不理解怎么能做到那样层层包裹，但那特殊的肉香药香，又韧又脆的嚼劲，确实好。还有酒糟肉、红烧肉、药膳蹄膀之类。当然，降龙的米烧兔，那是很有名的。这些热气腾腾，香味氤氲的美食，都来自厨房里那些巧手。

在降龙村要到农历正月十五元宵，各家备六果水酒，往祠堂祭祖后，才算过完大年。在过去，各家接着忙做下田糍。吃了下田糍，新一年春耕又开始忙碌了。但现在，元宵一过，村子一下空荡荡清冷起来，只剩下老人和几个中年人。远田都荒了。人，大多出门打工、做生意或上学去了。

我离开降龙村的时候也是傍晚，雨意氤氲。车窗外，山峰一重一重。青黛的山峰间，风吹云雾，白纱幔似的，轻盈飘浮。我望着那些飘飘忽忽的烟絮，陷入沉思。在降龙，我听到了一些，也看到了一些。然而，村民的真诚热情，终究抵不过久远历史的漫漶，漫长时光的冲刷。记忆的模糊、变形、缺失，彻底的遗忘，还有禁忌、忌讳，错综复杂的人事恩怨的顾忌，都使叙说变得破碎、零落、语焉不详。我终究只是停留在村庄的表面，永远无法进入，无法触摸到村庄内部的肌理。有时，在看到某些事物时，似乎看到了看不见的什么，似乎就要靠近了，但终究还是飘忽如烟，无法把握。我写过多个古村落，每次在叙写这些古村和古老家族时，都有这种无能为力的感觉。

比如，降龙村细节部位的精致华美，给我留下深刻的印象，那古宅建筑细节，尤其是那些门扉、窗扇，朱漆描金，雕花镂字，华丽精致到让我感觉整座宅子，就是一张朱金焕彩的巨型拔步床。我看过许多古宅，第一次生出这样的感觉。那些床、榻、箱笼、橱柜、洗脸架之类红妆古典木器家具，就更不用说了。还有大厅明堂上，曾摆过瓶、镜、佛手、如意之类的长几案，我以往看到的多是色泽暗沉，比较庄重朴素厚实的那种，但降龙村的长几案也是绮丽精致的。几案两头翘卷如方枕，几案板面和抽屉侧面用黑漆，镂花围边和两边屉身的浮雕，朱漆描金；就连花店内的门窗竟也是朱金镂花，凹槽边饰黑漆撒金。这样的朱金雕花，配饰一点黑漆色，确实是一种华贵瑰丽之色，也似乎更有一种暗示性，让我恍然看到另外一些人，那些隐藏在背后的女子，这个村落内部最艳丽的部分。没人知道当年花店卖些什么。那时的小村落不太可能卖鲜花，只能猜想是卖绢花、珠花、钗钿发簪之类头饰，应该还卖些描花花样吧！过去年代，窗花、菜盘花、礼担花之类剪纸都要花样；绣花也要花样，鞋帽衣裳床罩椅套桌围各有各的吉祥花样。所有这些，在我眼前晃动的全是旧式女子的身影。我似乎看到她们妆镜台前梳发簪花的身影，红袖添香的身影，织麻纺纱裁衣刺绣的身影，举案齐眉的身影，但都影影绰绰，隔着一重薄幕，看不分明。家族女子，是家族不可或缺的部分，但在旧时代，她们往往被隐匿，被忽视，被遗忘。她们无疑是家族之花，却成了家族最隐秘的部分，秘境中的秘境。她们大门不出，二门不迈，莲步朵朵，悄无声息，行走在古宅深处那条最隐秘最狭窄灰暗的过道。宗谱世系谱中，很多女子有姓无名，如"妣，郑氏，生几男几女"，有的连生卒年都没有，甚至连姓氏都遗失了，只有一个空空的"妣，口氏"。

那天，我想再查些资料，想到文友说的，现在网上什么没有？现实中有的网上都有，现实里没有的网上也有，不禁莞尔。不过，降龙村的资料，网上确实寥寥。这时我看到电脑屏幕上出现几幅图片，是降龙村的房屋和飞檐翘角。我一幅一幅看下来。俯拍，高墙瓦顶化作直线、曲线、重叠错落的几何图形，恍然有几个官帽官袍的人穿行其间；仰拍，乌蓝的云空，高翘的飞檐，似墙头檐间露出的半个鹰翅，能听见翅膀扑棱棱的声音；另一角度，一弯龙角直刺灰云的苍穹，坚实，高昂，有一种不屈的气势；换个角度，又如瓦顶上的蹲兽，那种黝黑安静，是蓄势，暗藏爆发前的紧张，又恍然什么也没有，只是静观夜色星光。下一幅：极淡的灰绿色调，是回忆的色泽，近乎黑白默片。乱云飞渡，横斜的屋檐、马头墙翘角、风中树梢，似乎都要飘荡起来，说不出的风云变幻，岁月沧桑，世事无常的动荡感、萧疏感。另几幅，画风唯美、古雅、朦胧、有暮意，雨蒙蒙、雾蒙蒙中（很奇怪，即便物象清晰，也有莫名的朦胧感），安静的古宅，弥漫故事的氛围，似有低沉忧郁的乐曲徐缓流淌，梦幻、神秘、怀旧。越看越像是我一个大学同学摄影作品的风格。看到最后，来源：大梦客。果然是。最后一幅，一片阴郁蓝。远天，钴蓝的云卷云絮，飘满灰白的天空，那蓝，有些奇异，不知道是不是古代降龙村人从蓝草里提取的那种蓝？更高的天空，钴蓝已幽深如夜，暗影憧憧，围拢下来，如我看不清的许多幻影。山头绿树梢和屋瓦也隐约染了云影色。近景，是古宅天井上方的四面瓦坡，瓦檐围绕天井倾斜，瓦楞间苔痕斑驳，高出屋瓦的防火墙高低错落，墙头檐下是精美的彩绘边饰，也许是"喜上梅梢"，或是别的什么吉祥图，但画面已漫漶如烟云，像悬在记忆与遗忘边缘的梦境。重檐间，几扇雕花木窗半掩，似欲说，又还休。那些古老家族的旧日故事，你能隐约感觉到，但说不出来。

等待一场刻骨铭心的爱恋

◎ 钟而赞

公鸡寨不乏传说。

当云雾渐散，目光跨越空茫的山野，降落百里之外隔空对望的另一座山头，山头上的又一爿形如母鸡的巨型岩石，我油然而生一种缺憾感：关于公鸡寨的传说，我们一定丢失了什么！

那里已是周宁县的地域了。

阳光始终未能完全驱散弥漫的雾岚，那只母鸡也始终未曾完全显露出自己的清晰面目，犹抱琵琶半遮面，几分娇羞，几分期待，也有几分挥之不去的幽怨。

时值初冬，天地间轻涌着微微的寒意。车行山间公路，盘旋环绕，百转千折，有一种说不出的萦怀。我们所行的道路，应该不是曾经的茶盐古道，或许其中有一两段重合，那些被挑夫的脚掌磨破的石磴蜿蜒伸入山野林间，连同一路滴漏的缕缕茶香与海盐淡淡的咸味，沉淀在流逝的时光里。

在屏南寿山乡，我第一次踏上传说中的茶盐古道。传说，不因为未曾亲见亲历，而因为它是一段具有传奇意义的历史存在。试想，在交通全凭双脚和肩挑畜驮的年代，在闽东北的莽莽群山中，错综穿行于千峰万壑间的那一条条羊肠鸟道，彰显了人类怎样的执着与坚韧！

103

爬行在路上的商旅、脚夫，目的地看起来如此的简单，明确，一次次跋山涉水，把盐送进大山里的每一个集市、村落，把大山里的茶叶运到沿海的每一个城市、港口，逐富与养命，资本与人力，都不过是为了一份生计。然而因为有了他们，山海之间产生了关联，实现了往来，山区和沿海，因此有了交往与沟通，有了互补互鉴，沿线的群落才有了长存的依靠，生命的绵延才有了血脉与韧性，人们生活的底色才更坚实丰盈、绚丽多彩。

从白玉、降龙、普岭到乡政府所在地的寿山村，再前往白凌经梨后到前墩，它们曾经是茶盐古道上的一个个繁华驿站，直至今天，似乎还不肯完全淡忘那段骄傲的历史，顽强地守护着一座又一座古老的宅院，一处又一处荒废的街市，一段又一段淹没于草丛中的旧道。踩踏在青苔漫布的石磴上，用手抚摩斑驳粗粝的土墙，目光在沉淀了厚厚岁月烟尘的楼宇中寻找，似乎每一个细微处，都隐藏着绵长的往事。我相信其中一定有一段刻骨铭心的爱恋，或许因为美得太过迷幻，情深太过伤人，而被刻意地掩埋了起来。这样一条维系着生命蕃衍与市井昌荣之血脉的古道，它怎能少了一段这样的情缘？

直到来到公鸡寨，来到此行最后一站的前墩村。

一片相对宽坦的盆地，四周高山如屏如障，然后是一道清溪从山里游出来，穿过一大丛古朴的民居，这是我第一眼看到的前墩。那时我站在高处，距离村子有千余米的落差。脚下是一块气势磅礴的岩石，面向前墩的一面是陡直的悬崖。悬崖之下的山坡逐渐平缓，长满了翠竹，在微风中轻柔摇曳。再往下，便是田园，村庄，是那些满面风霜的老宅和往事悠长的巷子。

你一定已经猜到了，我脚下这个庞然大物便是公鸡寨。沿着陡峭的石阶攀缘而上，临近山顶，眼前耸然挺立着一堵巨石，昂首向天，仿佛雄鸡啼鸣。但听说公鸡寨的得名并非如此，观看公鸡寨的角度也不应在山中、峰顶、岩石之内。从前墩村的方向远望，确实是一堆岩石，组成了鸡冠的形态。我却不太愿意接受静态的、组合的、局部的公鸡寨，此时我所处的位置在公鸡挺直雄厚的胸脯之下，顶端处，向前向上攒起，恰似引颈高鸣的鸡首。石根处被开凿出来一小块平地，面积不过三五平方米，可容登山者小憩片刻，然后再绕着依岩石的纹理开凿出来的小径盘行而上，经过一线天，再手脚并用攀上一段几近直上直下的钢梯，来到了面西的悬崖之上。如果不是修砌了上山的石阶、攀岩的钢梯以及悬崖边缘的护栏，不说登上公鸡寨，就是先前的那一段山路，也足以让人望而却步。

然而确确实实的，这里曾住过人。之前我一直对它被称作寨表示疑惑，而且，就我所看到的，这弹丸之地，它怎么可能成为一个村寨？岩石的叠合形成了洞穴，却太浅，由于它的高度，风极猛，似乎也不适宜人在其中生活。

先是一个无稽的传说。

世出暴君，民不聊生。前堎有一哑巴，有志于推翻暴君统治，还百姓一个清明太平世道，人称前堎哑王。鸡公寨下的石洞中藏有天书宝剑，哑王找到天书宝剑，日夜练法习剑，剪出纸人纸马，画符念咒，准备射杀当朝的暴君。某日，他嘱咐嫂嫂在五更时候叫醒他。嫂嫂记错了时间，不到五更便叫醒他。哑王取箭爬上公鸡石，朝北斗星连射三箭，三支利箭都射穿龙椅。暴君五更上朝，看到龙椅被箭射穿，大吃一惊。见箭上刻有"前堎哑王"四字，暴君得以知道射箭者何人，即刻派兵攻打前堎。哑王只身迎战，身披铁甲，手执天书宝剑，指挥纸人纸马向官兵杀去。不想嫂嫂惊慌之中透露天机，说出哑王手下皆为纸人纸马，正在奋勇作战的兵马纷纷现出原形。哑王失败了，被捕进而被押解京城斩首。作为哑王指挥所的公鸡石，则不屈地耸立峰顶。

而后是土匪。

"公鸡寨曾住过土匪。"我所听到的土匪故事已经十分模糊，既无具体的年代，也无具体的人物，更不曾留下传奇。我倒是愿意相信公鸡寨的最早由来，或许和土匪有关。公鸡寨三面临崖一面陡坡，天险可以为安全提供一份保障；相距不远、因拥有一片小平原而相对丰足的村庄前垅，又可以为生存提供粮食支持。公鸡寨实在太适合成为一个"土匪窝"了。

然而这些所谓的土匪大概不过是一群为饥饿所困的贫民，上山为匪，仅仅是希望夺得一些粮食以续命。以公鸡寨所能容纳的空间，也一定只是小股土匪，不曾有过多大的行动，引起怎样的恐慌。他们并没有留下故事，或者说，他们从来就未曾想过要留下什么故事。

紧接着是红军。

说者似乎不很自信，带有求证的意思。屏南称"红旗不倒县"，足见它在革命战争时代的贡献。前垅当然不能缺位。于是，公鸡寨的险峻与隐蔽，前垅村民的质朴和善良，成为从事隐密斗争的革命者藏身、组织活动的庇护，为受伤的红军战士疗治创伤、小事休养创设了温暖的"帐篷"。

所有这些，似乎都未曾惊动山下这一个叫前垅的村子。

前垅仿佛是一处世外桃源，恬静得像一个懵懂无知的处子。

没有人还能回忆起它曾经是一处繁华市井。即使是那些高大的古宅、深邃的旧巷，也早已长安于平淡与从容。

需要在最高处，你才能发现它的另一串历史密码。方圆之间，群山起伏，公鸡寨是理所当然的制高点。

站在悬崖之上，油然而生一种凌越天地的感觉。众山匍匐，让出旷达的视野和胸襟。

这里是闽东西部山区，蕉城、周宁、屏南三县区交界地。

一想到这里，你自然就关注到了若干条蛇行的山间道路。从东南的蕉城来，往东北的周宁、正北的政和、西北的建瓯、西南的古田而去。

这些道路曾经以石砌、窄小、崎岖、蜿蜒的形态，背负着盐和茶一寸一尺地双向伸展，你甚至不知道它们开启于何时，成形于何时，穿越过多么漫长的时光。

在前垅小住一天两夜，休养一番，再往东、往南、往西、往北，出县境、府境，前程迢迢，山高路远，前垅的这一天两夜太需要了。

村里至今留下三座保存完好的客栈遗址。你仿佛看到客栈里灯红酒绿、人来客往、吆三喝四的热闹场景。

我想起在村巷里漫步时，更多时候一直低着头。我在寻找什么？

直到站在公鸡寨的高岩之上，才明白过来，我是在寻找一段可能存在的爱情。在充盈着人间百味的旧时前垅，在漫长的行旅与繁荣的驿站之间，无论如何，都不能少了一场最能打动人心的爱情故事。

古道上也真真切切地演绎过了让人动心动情的故事，虽然不在前垅，甚至不在前垅所在的古道上：传说清朝末年，宁德（蕉城）一个张姓女人嫁入罗源叠石乡，其夫经商，久而未归。其妻久等心急，从宁德娘家动身，沿着白鹤岭古官道步行上福州，并将沿途地名及特征一一记录，以方言编成长达 62 句 434 字的《路引歌》：

> 宁德出城西门宫，白鹤山岭十里长；全条岭中亭三座，白鹤岭头观音亭。
>
> 直行岭头一歇气，再行五里是埯亭；界首叠石隔十里，中间一观名半天。
>
> 叠石街中建驿站，覆船岭下是坛亭……

何况还有登高怀思的公鸡寨和巫山云雾般若隐若现的母鸡寨的跨县隔空对望。我深信大自然有自己铭记人间世事的方式，譬如刘禹锡笔下的《望夫岩》：

终日望夫夫不归，化为孤石苦相思。

望来已是几千载，只似当时初望时。

当然，要打动大自然的心，一定是一段刻骨铭心的爱恋，一场海枯石烂的守望。

茗园，那缕穿越千年的古道茶香

◎ 董欣潘

中国古代著名的茶道主要有两条：一条是西南地区的"茶马古道"，另一条为东南方向的"茶盐古道"。这两条古道都与茶叶有关，被喻为与民休戚相关的生命线。"茶盐古道"建于何时现在已无从可考，但从历史上人群迁徙轨迹上去追寻，即闽越原住民及后来"衣冠南渡"的大量中原移民入闽，仍能发现其蛛丝马迹。和"茶马古道"一样，"茶盐古道"应兴于唐宋，盛于明清。就其通联范围和重要性而言，宁德蕉城的霍童古镇莒州，即古瀛洲的金钟渡，是"茶盐古道"的主道起始点，而后，古道登岭头、过吉垄，翻山越岭进入屏南的门楼岔，一路经前乾、白凌、茗园、寿山、硋窑、梅溪、亭下……到达古建州，即今天的福建南平建瓯，这条主干道全长 200 里，之后与多条分道相连通向外界，其中有一条古道连向武夷山茶市。"茶盐古道"对于闽东北地区来说，是客商运盐、运茶的贸易之路，也是福州、宁德等沿海地区海运陆路的延伸。这些古道穿越千年岁月，彰显了它们存在的历史价值和现实意义。

《屏南县志》记载："屏邑僻处古田之一隅，商贾所不到，又多崇山峻岭，大都皆羊肠鸟道。"这里所谓的"羊肠鸟道"便是后来被喻为生命线的"茶盐古道"，千百年来蜿蜒曲折、盘旋上下于崇山峻岭之中，承担着屏南与外界互通有无的重任。寿山乡是"茶盐古道"在福建屏南的核心区，勾连着宁德蕉城、古田、周宁，福州连江、罗源和南平政和等地，茶道多数地方用块石、条石等砌筑而成，并在崇山峻岭中蜿蜒盘旋。可以想见，在那古早年代，当地乡民肩挑手提，用一根扁担靠双肩凭双脚把自家生产的茶叶等山货，通过漫长曲折的古道，一路挑往山外沿海各地，又将外面的盐、鱼等海货和其他生活必需品沿路挑回，并且如此反复，风来雨往，顶烈日冒严寒，其艰辛的程度可想而知。

说起"茶盐古道"，就不能不说"茶盐古道"边上的茗园村，它是寿山乡白凌村底下的一个自然村，也是"茶盐古道"上一个怎么也绕不开的地方。它位于屏南县寿山乡东南部，为屏南、宁德（现蕉城）和周宁的三县交界处。茗园村这段"茶盐古道"，便是南来北往"茶盐古道"这一链条上的一个环节，自古以来承担着闽东山地与沿海"茶盐互市"的一段重要商贸通道。

茗园，顾名思义，即茶园，"以茶得其村名者"，这在我仅有的认知中并不多见。茗园始有人居应自唐代或更远，彼时适逢中原文化入闽，带来了先进的茶叶生产技术。地处群峰环抱，巉岩高耸，云雾缭绕，土地肥沃的茗园，择居此地的先民们依山垦荒，垒造茶园，据说宋代以后全村辟为茶园。可以遐想，云蒸霞蔚下的茗园绿色无边，青翠欲滴，自成景观。茗园距离莒州最近，一个只有二三十户人家的小小村落，居然拥有十八座古色古香的民居建筑，正是因为茶叶发达所致，而曾被誉为"富园"，足见其史上的繁华程度。因此，一个地方物产如茶叶的兴盛得益于交通的便利，"茶盐古道"的拓展与延伸便是其重要的途径。

一方水土，养一方人，产一方物。远追1000多年前的唐宋时期，古人就在这一片土地上生息和耕耘，并出产茶叶。"贡腊面茶"是《三山志》中记载的产于唐时屏南的一种贡茶，即专供皇宫的珍品。

"按腊面乃产于福五代之孝，建属南唐，南唐保大年俘王延政而得其地，岁诸县民采茶北苑（今建瓯县），初造研膏，即造腊面"（《新唐书·地理志》）。按史书上说，开宝末年，北宋灭南唐，收北苑。《宣和北苑贡茶录》记述："太平兴国初特置龙凤模，遣使即北苑造团茶，以别庶饮，龙凤茶盖始于此。"那时，宋朝皇家在建瓯和政和一带建有"北苑贡茶"生产基地，而茗园位于霍童溪上游的古道线路，属霍童支提"天山绿茶"范围，与建瓯、政和"北苑贡茶"毗邻，自然成为贡茶产区的延伸，其茶叶种植规模扩大至全村，采制的芽茶、叶茶等都是上好的茶叶，除了上供皇宫享用外，并成为"茶盐古道"上各路茶商争相抢手的茗中珍品。

星移斗转，世事变迁，随着朝代的更替，茗园的土地又换了主人。从历史上看，茗园茶叶真正的发展应该源于郑氏族人迁徙之后，那时已经是明朝的中叶了。此时郑氏族人迁居于此，其祖上"德文公在此经营茶园开基"，望文生义，郑氏人或许是因缘"茶盐古道"的际会，一路从外地而来。村中有郑家祠堂，正门两边竖着数对旗杆石，正堂神龛之中供奉身着官服的郑公与头戴凤冠的郑婆，两人之间空出的正位是一个手握烟斗的仆人，他是郑氏管家，管理着包括茶叶产供销在内的郑氏家业，在郑氏族人眼里属他功劳最大。茗园郑氏祖先源于河南郑州荥阳，我们从祠堂的一副对联可以看出郑氏先人的来处与祖业发迹的出处：左联为"荥阳德泽长流万代"，右联"茗园基业垂统千秋"。

老乡介绍，茗园虽然置于屏南山峦叠嶂之中，溪河狭小舟楫不通，但这里山地海拔较高，710米，常年雨水充沛，云雾缭绕，土壤肥沃，适宜种植各种农作物，如水稻、地瓜、蔬菜、山药以及平水梨、山莓和酸浆等瓜果。茗园村的这一海拔和雨量，正是茶叶种植的黄金高度，适宜茶叶种植且品质优良。郑氏先人正是见此地山水美好，茶园众多，便择居下来，利用现成的土地和茶园，开始种植适应山地土壤和气候条件的茶种，并将随身带来的种茶、采茶和制茶的技术运用于茶的种植与产制之中。因为经营茶叶的缘故，郑氏族人凭借自己的技术，并搭上"茶盐古道"这一商贸通道，以茶致富，家族的经济状况得到改善，生活水平获得了极大的提高，茗园因此繁华一时，从祖上遗存的这些老宅建筑可见一斑，发达后他们遵循"耕读传家"的祖训，重视子孙教育，办起私塾，聘用秀才，供学入仕，考取功名，让茗园飘逸茶香的同时也充盈着书香。据说，其族人中还出过"河官"。

初冬时节，我站在白凌村边上向远处眺望，茗园如一粒珍珠遗落在山腰间的一块平地上，云雾缥缈之中，散落着的几处房子似不小心滴落的几点墨水在慢慢洇开，像一幅水墨画镶嵌在那里，看似近在眼前，其实驱车或步行也有一段不小的距离。放眼而望，山间茶园层层叠叠，茶树高低错落有致，即使是初冬时节，仍显青翠和葱茏。

置身于茗园这块纯朴而厚实的土地，脚下踏过的是一条古往今来的"茶盐古道"，遐想古代挑夫们翻山越岭，手提肩挑，餐风饮露，风来雨往，将自己生产的茶叶，和瓜果以及硋瓷、红釉等农物沿古道运往莒洲金钟渡，装船（排）从霍童溪水运至三都澳码头，而后出口漂洋到海外，其艰辛的日子可想而知，而繁盛一时的"茶盐古道"宛如一条生命线，源源不断地将所需的物资化成绵绵不绝的血脉，滋养了沿途的村寨和乡民。因此，村寨与山民因"茶盐古道"的繁荣存续和繁衍生息。

走过袖珍式小巧玲珑、清幽安宁的茗园村，迎面而来的是山间草木的芳香与古宅老屋腐败交织而成的浓厚气味。那是时光的味道，也是历史的味道。村居安静地似乎可以听到风吹过弄堂、墙缝和古树叶时的声音。我在一座刻有"圣恩春浩荡，文治日光华"对联的门楼前驻足，时光已历经数百年，虽然门前青石栏杆与台阶经过岁月的磨砺已显出斑驳，透出苍凉，但仍显现往昔的典雅与气派，只是里面的厅堂与楼阁及厢房皆已黑漆漆一片，或许是哪一年因为突然的一场大火焚毁所致，剩下的一堵土墙兀立在微寒的风中，像一位历尽沧桑的老人独自撑着门面，心有不甘地守望着家园。而在临近处的又一座古宅前，我从其门上匾额中读到四个苍劲有力的大字"其旋元吉"。老厝因长久无人居住而显得空空荡荡，颓废不堪，只有剩存的雕花窗棂与垂花斗拱，彰显着昔日精致的做派。

多数的巷道狭窄而逼仄，一些土筑的墙体已经剥落，有的还和老宅融为一体，而有的早已成为断壁残垣，它们像一群行将老朽的长者，孤独在自己的乡土，见证"茶盐古老"的繁华与落没，诠释着千年古道的传统文化和乡风民情。而村里年轻人多数外出求学、谋生或创业，剩下一些为数不多的老辈人，如那些不肯撤退的士兵，依然坚守着最后一块阵地。他们怀揣对故土的一片深情，内心不时荡漾着丝丝缕缕的乡愁，从祖辈那里传承下来的血脉和亲情，让他们无法像年轻一代人那样说走就走，因为他们身上有牵挂，内心有梦想。

风雨涤荡岁月的浮华，古道积淀厚重的文明。在茗园，我感受着那缕穿越千年岁月的浓郁茶香，回望它古老的历史，回溯它自强不息，艰苦奋斗，人生接续的精神。它根植于厚实土地与淳朴的乡民之中，在新时代的征程上，化为奋进的力量。如今，人们尽情徜徉于山水间，品鉴古道风情和历史文化，其目的在于增强人与自然生态和谐共生的理念，进而保护它、弘扬它。"古道虽不长，埋入荒野中，桥亭已腐朽，独留风过往。"当你慢行于小小的茗园，感受迎面扑来的山风，仿佛荡漾着春天的气息，沿着"茶盐古道"行走，你的脚步与先人足迹重叠，那是追寻历史的文脉，在你的心路上延伸。

寻寻觅觅白玉村

◎ 杨秀芳

多么洁净而又玲珑剔透的名字呀！

初闻白玉村名，不由联想到月亮，莫非此村明月当空格外迷人？自古人们就将明月唤作白玉。李白的"融融白玉辉，映我青蛾眉"，俞桂的"十六月圆满，皎皎白玉轮"，写的都是明月如玉皎洁发亮。"小时不识月，呼作白玉盘"，道出童真小儿将月亮唤之为白玉，可见二者之间有相媲美的可替代形象。而我要说的白玉村村名是否同月亮有关，它像谜似的存在我的揣摩中。

当年，肇基始祖将"白玉"二字安放在一个村庄身上，我想不会无缘无故，至少得有些来历。我对洁白无瑕的白玉兰花情有独钟，问询几位迎面遇见的村民，远古之时村中是否遍植白玉兰花树，他们皆摇头不得知。可见，时间早已尘封了历史。一代代村民秉承先祖躬耕陇亩，他们脸朝黄土背向天，一心只想收获口粮果腹，艰辛劳作之余，哪会有闲情去探究村名来历？而我的好奇却愈发强烈。

此次应采风之约又来到白玉村，乡村指导员李朋松先生浑身洋溢着热情，他一向秉承传统文化又不失对现代文化的执着追求，他在哪儿工作哪儿就带上他的文化气息，白玉村就连有些个性气质的石头都留下他的笔墨。他领着我们如数家珍般侃侃而谈白玉村的发展变化，带领大家走过橙黄橘绿的果园，走进书墨飘香的图书室，走过新修建的河堤，穿过古老的廊桥……走至上半游水塘前驻足。白玉村最古老的一排木房子就建在水塘上方，后靠巍巍山峰，属典型的依山傍水格局。乍一看，同湘西的吊脚楼有几分相似，木房子清晰的影子落在水中轻轻晃荡。

举起手机，瞬间将眼前景物定格。呵，半圆形小水湖多像一弯肥肥的月亮，它明晃晃地闪着银光，怀里还拢着天空，后山和一排木房子。好一道"绿水结绿玉，白波生白圭"的美景呀！莫非白玉村名同此有关？不过，我很快否定了自己的猜想。这个小水湖仅是前些年为准备皮划艇赛道新修而成，只是它同我追寻的意境相应和罢了。

然而我并不失望，想起去年春夏之交来白玉村，一场阵雨刚歇，天边微微泛起日光，一群群洁白的云雾从村中腾起，到达山腰便形成气势磅礴的白浪翻腾，它不断变幻着各种奇异的造型。阳光射在云雾上，显得晶莹玉透，正应了王安石笔下的"浮云堆白玉，落日泻黄金"之景。我举着相机，恨不得把如此美妙的云雾扫荡一空带回家。沿村边溪涧往上游走，溪涧蜿蜒曲折，水中山石嶙峋，湍急的水流匆匆从高处飞奔而下，冲破乱石白浪翻滚，仿佛一团团洁白的珠玉飞腾，好一幕飞花溅玉水流欢呀！我想仅凭这云雾和清流，此村白玉之名也名不虚传了。

说到如白玉的云和水，不由想起去年中午在一户村民家吃饭的情景。好客的女主人端上一盆鲜汤，圆圆的白片片层叠浮于汤中。"哇，片片白玉水中游呀！"我惊叹道。舀起一勺入口细嚼，鲜滑爽嫩，有燕皮的筋韧感，这一尝，我嘴巴就没有停下来的意思，吃到饱腹仍不知晓是何食材加工而成。女主人见我穷追不舍，微微笑言："你说是白玉那就称为白玉吧，其实只是冬瓜剖成薄片裹上地瓜粉，晒干后煮的汤呀！"自从吃下这碗鲜美的"白玉"汤，我也学会制作这道菜，白玉村自然牢牢铭记心间了。

同行的本地文友见我心心念念要探究村名，她娓娓说起白玉娘娘的故事。据说，古时寿山乡溪柄村有个叫白玉的姑娘，她少女时代专职放鸭母，白天赶着一群鸭母到田间和沟渠找食物吃，夜晚就睡在鸭棚旁边。因为家里穷她连上学的梦都不敢做，唯一的愿望是不要饿肚子。那年闽王下旨遍寻王后，选什么样的女子呢？国师只向钦差大臣交代了句"祥云罩白玉，五龙盘赤柱"，便不再言语。钦差大臣每到一处就摆宴席请未婚女子吃饭，顺便观察寻找有此征象的女子。当时白玉听说有免费大餐吃，也顾不上清洗身上的污泥，头顶淡粉色芦苇编的毛绒绒草帽直奔席上，她抓起一大团红糖糍粑张口就大嚼起来，吃罢将黏腻的手按到红柱子上揉擦。钦差大臣在一旁看得真切，认定白玉即是王后人选，便立刻为她洗漱更衣带入宫中。从此，溪柄村就更名为白玉村。这个传说故事倒是吸引我，且不说它激励不少灰姑娘，有朝一日也有出头的日子，单是美丽的传说故事就给白玉村披上神秘又美好的色彩。

　　夜晚，我们一行采风文友相聚白玉书屋开展歌吟晚会。晚会结束走出书屋，沿着河边返回驻地。我抬头望见低低的天空挂着一轮明月，它时而在细碎的云朵间盘旋，时而露出全身洒下光辉一片。我不禁吟诵："天如碧玉瓯，下覆白玉盘。"低头望见河中也闪着一轮圆月，天上人间交相辉映。

　　呀，白玉就在眼前，我不必再寻寻觅觅。

做福（外一篇）

◎ 甘湖柳

正月酉日，有做年头福，宰猪来请拓主而后分胙。

——题记

春节期间，屏南寿山乡村多有做"年头福"的民俗。

每到岁尾年头，村里人们忙着各自繁杂的事务时，"福首"也在有条不紊地筹备着做"年头福"。

年前就定好了新春做福的日子。福首向各家各户收了"丁钱"，备办全猪，并备米粿、糍、果品、茶、酒和纸钱香烛等仪。只等日子一到，就开始做福。

做福，是在拓主殿祭祀。

"拓主"，多是记念最先在此开基拓土的人，他们开垦山地，修建田园，为后人奠定了繁衍生息的基础。后人不忘祖德，追宗思远，建了拓主殿，香火永祀。所以，有人的村庄，就有拓主殿，有了拓主殿，就有做福的传统。

做福那天，拓主殿大厅烛火通明，香烟缭绕。殿宇中的横梁上挂满匾额，写满题跋，都是些祈求福运等字眼。这里供奉着的福神，是村民心目中膜拜和祝祷的偶像。供桌上摆满了供品，正中摆一个大猪头，嘴里衔着猪尾巴，就代表了全猪供奉。琳琅满目的供品，如果缺少了这全猪，就算不得做福了。满桌的供品中，食红点在熟肉上、糕粿上，红纸条贴在每碗供菜上，锡酒瓶的壶嘴插一朵红纸剪成的花，酒香溢了出来，满室飘香。更有那些绿色的鼠曲粿上插了几支新鲜的兰花，顿时觉得春天扑面而来。偶有风吹，烛光摇曳，纸幡微动，似乎是神明飘然而至，享受人间的喜庆和温馨。

开始做平安福。

只见法事先生摇着铜铃，手舞足蹈，跳跃挪腾，口中念念有词，唱着老调的句子。虽然听不懂说唱些什么，但我们知道，都是些驱逐邪魔、保佑合境平安的意思。

还有写"平安疏"。那明黄草纸做成的"疏"中，写上祈福者姓名。看那写的，都是些古老的地名称谓：福建福州府屏南县某某乡某某里、几都几保、某某境某某村。一种神秘与禁忌的色彩，从远古传播而来。

乡亲们多是比较沉默的，不擅长说那些诸如"恭喜发财""新年快乐""万事如意"之类的话，他们更习惯于将诉求付诸于做法上。他们将祈求幸福说成"做福"，体现在一个个富有象征意味的仪式中。想想也是，甲骨文的"福"字，不就是一个人双手举酒祭天，祈求富足安康的形象吗？"福"不仅是一个字符，更是承载了人们的精神寄托和美好诉求。做福，似乎是在告诉我们，幸福不是等来的，而是要靠做出来的！

做福，到底是祝愿多一些呢，还是感恩多一些？或者二者兼有罢。人们感谢神明保佑了全村一年以来的风调雨顺、合境平安，还乞求神明保佑新的一年里风调雨顺、合境平安！

做福，敬的是福神。我看过许多的乡村，祀的福神只供香火位，没有具体的神像。我问那些做福的人，福神长得什么模样？他们呵呵笑着说，没有什么特定形象呢！因为福是无处不在，福神大约就是笑眯眯的福相罢吧！

人们敬天地敬神佛敬祖宗，做事做人讲天地良心，对生活知足，感恩，不着急，不抱怨，他们是务实的，只要能够带来福报，那一缕心香，就会敬奉给心中的神祇。

祭祀仪式结束，接下来，就是全村的分享福运了。把年猪切成一小块一小块，称作"福份"，各家领了回去，煮了给全家人吃，祈求全家运道好、全年平安幸福。

这"福份"，不只是简单一小块的肉片，它是一份赋了福气的载体，是祝福、祈福、接福、纳福等各种仪式和活动的传承。无论离家多远，父母亲人总是想方设法，第一时间将福份寄出。每当收到家中寄来的福份，就能瞬间感受到来自家乡的亲情魅惑和福文化的深厚底蕴。平常的一小块肉片，从做福仪式中出来，就不一样了，福份绾着乡愁，当嘴里泛起从前的老味道，像牛一样反刍，品咂福份，咀嚼乡味，寻常岁月，便也山高水长，旖旎生动起来。

时光改变了许多物事，我们怀念的那些过年，现在的孩子不感兴趣，他们自有他们的欢乐。都说，年味越来越淡了，莫言说，"没有美食的诱惑，没有神秘的气氛，没有纯洁的童心，就没有了过年的乐趣，但这年还是得过下去。"也有人说："过年是要有人撑着的，如果有一天，老一辈人和他们做的仪式都不在了，年就塌掉了！"但年头做福的传统，却一代一代、一年一年流传了下来。人们在做福仪式中所祈祷的愿景从未改变，也永远不会改变。

一年中能守着那么一场流传千古的习俗，能在那么一个共同参与的时刻表达心意，是一件多么幸福的事！

茗园村的一缕茶香

"茗园春嫩一旗开，众绿丛中笑语来，压担盈筐歌载道，今朝前乾采茶回。"茗园，一个以茶为名的村庄，念一念它的名字，想一想有关它的诗文和它繁华的茶事，顿觉齿颊芬芳起来。

茗园，隶属于屏南寿山乡，地处宁德、周宁交界和内陆沿海的连接线上，昔时先民挑出茶叶、笋干、栗子等山货到海边，又从宁德沿海挑回盐巴、鱼虾、布匹和日用品等，均需经过寿山乡的茶盐古道，兴盛起沿途的不少村庄和客栈。茗园是当年茶仔沿途播撒、繁衍出的一个村，曾一度繁华，随着世事变幻，如今埋没在历史烟尘中。只有古道悠悠，引人遐思。

早春二月，一批勃发思古幽情的人，要走一走寿山的这一段茶盐古道。从屏南城关出发，车行半小时后，从宁屏二级路拐向寿山乡方向，沿途经过几个挂在山坡上的小山村：降龙村、梨后村、北山村，不久就到了比较大的村落：白凌村。茗园是白凌下辖的一个自然村，离白凌村大约两公里。站在白凌边的凉亭居高临下，隔着层林阴翳白穰溪远眺，不远处的茗园村尽收眼底，在四野枯黄的大梦未醒的梯田间，几方绿色的风水林，环绕着这个古朴的小村落。

从白凌村东边路口的"茶盐古道"指示牌下山，穿过一片风水林，眼前展现的是一溜青黑的片石铺设而成的道路。这，就是古代人们日日行走其上的茶盐古道了！你看它被行人步履磨得油光滑亮的路面，你看它厚重坚实的路基，还有两旁长得郁郁葱葱的行道树，它们浑然一体，嵌在这一方青山绿水间。不知道先民用什么工具，和什么样的协作方式，能铺出这么结实悠长的一条石路呵！

沿着"之"字形的蜿蜒道路下山，陡峭的台阶不由得让人小心谨慎起来，落下的脚步要稳，一踩、一踮，换一只脚，再一踩、一踮，全身的重量瞬间集中在一条腿上，那个沉重呀！你能想象得出先民挑着重担，是多么地任重而道远！

在这幽静的山谷，几隙山泉，更添空气的清润，一片又一片林荫，高处的是松树、枫树，和一些不知名的灌木。路边一丛丛的野茶树，刚好挡住我们往下俯视深渊的视线。它们在寒风中独立，花开正浓，野气十足而充满灵秀，那粉白的、嫩黄的气岚，在阴天的万籁中，山风轻拂，满野飘香。那清香，似有若无，像是从天外飘来的一股仙气。浓浓的茶花香，芬芳了每个过往的人。

绕着最后一丛野茶树转个弯，视野马上开阔起来，一个小村庄就端庄秀丽地呈现在眼前。

几排老房屋，沿着光滑鹅卵石村道紧致地分布着。十几座房屋，都是土木结构的老式建筑风格，有几家比较讲究的，门前用褚红的条石铺设了台阶，人扶着石栏杆向上行走，转角踩上同样材质铺成的几何图案的一座老宅门口，可以想见屋内铺设的讲究。我们走到一家门庭显赫的宅院前，内屋已经焚毁，只剩四壁墙坦支撑着门面，抬眼望见门楣两边青石上，清晰地錾刻着那时最流行的对联："圣恩春浩荡，文治日光华。"

一条青条石铺成的小巷，将依山就势而建的村庄一分为二，小巷尽头是郑家祠堂。祠堂下廊两边，立着几对昭耀功名的旗杆石，显示着这个村的文风鼎盛。正厅的龛中，供着峨冠博带的郑公和凤冠霞帔的郑婆，神龛上方横批"诗礼传家"，左首上联为"荥阳德泽长流万代"，右首下联"茗园基业垂统千秋"，说明了一个家族的源远流长。祠堂外，几条雕錾齐整的条石，铺成一道巨大的水槽，无不透露着乡村的财力。

村庄的茶园已经荒芜，茶事已然寥落，村中多数人口都搬迁出去了，只有一些留守的老人，加上春节前赶回来团聚的年轻人，在闲话旧事。一个白胡子老人，叭嗒一口烟，话题就随着烟雾弥漫开来。"我们郑氏，在明朝中期就从代溪的康里搬迁到这里了。"他说。屏南县代溪镇康里村古称翠峰村，历朝历代都有人迁出到外地，其中，"郑德日分茗园开基"。

至于靠茶业发家的历史，那应该是清嘉庆年间的事。

寿山种茶、制茶的历史悠久，规模宏大，历史上早已实现生产、加工、包装、运输、销售、出口一条龙，每年谷雨后，采买红茶、绿茶运售外洋，精制的红茶源源不断销往福州以及德、英、法、俄等国。据说，当时最高档的出口红茶包装十分讲究，装红茶的樟木箱外面用棉纸褙一层，再褙花纸一层。然后印上商行名称，更高档的，则将红茶装进铁皮箱、锡皮箱，外套木箱，再套进竹编的篓框，方才启运海外。清道光时，五口通商，福州、厦门成为茶叶出口口岸，到了清光绪年间，宁德三都澳"福海关"成立，闽东茶叶有了直接出口的口岸。在这条茶盐古道上，寿山地处周宁、宁德、屏南三地交界处，这里的茗园成了枢纽位置，那时茶叶汇聚，客商云集，他们祖上就地盖了几栋房屋，除了自家耕种、憩息，也为来往客商提供住宿。渐渐地，村庄富了起来。

富裕起来的村人，开始在寿山各处置田收租，清中期，茗园村出了一批"千租财主"。富起来的村庄，最初的村名人们反倒忘记了，曾一度被外村人及过往客商称为"富园"。因为茶业兴盛而致富的村庄，也培养了不少读书人，后来，文人才子将村名改为"茗园"这个雅致的村名，与这里的耕读人家相得益彰。

富起来的村庄，在"盖房"和"做墓"人生两件大事上，做足了文章。

茗园村的周边，有好几座布局开阔而雕刻精致的祖墓。我们跟着一位热心的老者，去看离村不远的一座古墓。路早已被荒草荆棘淹没了，隐约可见从前用毛石铺成的路骨。一路披荆斩棘，走得甚是艰难，可见是荒芜已久。老人叹息说，从前这样的路，何止是平坦和整洁！想当年祭祖的时候，为了表示对祖先的虔敬，这通往墓山的路，不能用扫地的扫帚，而是孝子贤孙手执拂尘，趴在地上，低着头，一级一级清扫出来的；墓园台阶两边的石柱，石柱顶上的莲花、赑屃，墓龛上的横匾、碑文等，每一块青石打制成的物件，都得用苎麻布擦拭干净……

这些繁文缛节的讲究背后，得用多少的人力与财力支撑啊！

富起来的村庄，还注重修桥铺路等公益事业。沿着茶盐古道，南起祖地康里，有茗园人捐资修建的"东南第一险桥"龙井桥；往东北，经石锁桥往洪口吴峰村方向走，这段茶盐古道多是由茗园人修葺；而过了全成桥，出了门楼岔，就是周宁地界了，茗园人在周宁礼门捐建了滴水岩寺，在滴水岩旁边的碑文记载了此事。

茶事已远，茶香杳然。走一段古道，赏一路风情，追寻一丝流风余韵。今夕何夕？似有旧香。

穷达皆如寿山松

◎ 唐 戈

　　徜徉在寿山村曲折清幽的古村巷里，感受着飞檐斗拱、黄墙黑瓦里氤氲不散的旧日时光，古宅青石大门框上阴刻的楹联字迹躲过了时光的刻蚀，依然精致清晰。在众多的"圣恩天广大，文治日光华"颂恩或祝福的楹联中，突然看到"同仁联五福，主义达三民"，不由得眼前一亮，犹如昏昏欲睡中喝了一杯提神酽茶，其表达明确的共和理想追求，在充满俗世烟火气的民居大门楹联阵地里，不啻于海鲜市场或酒店后厨里一束带露的丁香。

　　这副楹联拟写、手书皆出于中国同盟会会员苏寿崧之手。苏正赏，字寿崧，号岳生，中国最后一次科举乡试副举，作家、中国同盟会会员，一生致力于三民主义理想。

一

　　清同治十三年（1874），苏寿崧出生于屏南县寿山村一户书香门第。祖苏兆尧，父苏冠英，贡生，敕封修职郎，曾任福安教谕。苏寿崧兄弟三人，长兄苏寿崑，清贡生，二兄苏寿崙，清监生。

　　苏寿崧家庭经济相对还算殷实，兄弟三人，寿崧排行老三，自幼身体羸弱。父母担心他不适合劳作，全力供其读书，希望他考个功名，混个一官半职。苏寿崧不负所望，聪慧好学，成绩出类拔萃，少年参加童试、县试、府试、院试一路过关斩将，年及弱冠即成为生员(秀才)。

闽北过屏南县城双溪至宁德莒洲码头、霍童集镇这条茶盐商道，是当时沟通山海的重要贸易通道之一，屏南的茶、曲、瓷硋和闽北的许多山货，与海边的盐、鱼、贝类等货物，通过担回头客的肩挑背扛在这条路上双向流动，寿山村正处在这条路的关键节点上，颇为繁华，南来北往的商旅带来了山海的货物，也带来许多外界的信息。苏寿崧从来不是那种“两耳不闻窗外事，一心只读圣贤书”的人，一些“闲书”亦有所涉猎，他创作的长篇小说《双钏记》显然受到《红楼梦》《水浒传》和《金瓶梅》的影响。他经常走出书斋接触社会，在从担回头客、商人的交往中，接触了许多外面的信息，甚至是一些碎片化的西方文化。他几乎是天生的，或者说是完全继承了中国古代知识分子忧国忧民的情怀，但又没有儒生那种“祖宗之法不可变” 的迂腐酸顽，身处大山深处，却时刻胸怀天下，心忧家国。从闻知“公车上书”起，他就一直关注着康有为、梁启超为代表的维新派改良运动。这一年，24 岁的苏寿崧参加了清朝最后一次科举考试（乡试)，中了副举，旋即授奉天直隶厅判。

十年寒窗苦读，一朝得中，学而优则仕，山村农家出个当官的不易，都认为是几辈子烧了高香的，从此可以荫妻封子、光宗耀祖，全家人为此欣喜若狂。苏寿崧也踌躇满志，以为从此有了直接参与变法维新的机会，有了齐家治国平天下的更好平台。家里已经为其制作好了官员出行的仪仗，如制学和职名牌、肃静和回避牌等，择好吉日就要上任了。可是，正当他打点行装准备远赴直隶时，却传来变法折戟沉沙的噩耗，光绪帝被囚禁瀛台，康、梁逃亡日本，谭嗣同、康广仁、林旭、杨深秀、杨锐、刘光第喋血菜市口，黑云压城、血雨腥风，苏寿崧大失所望，深感腐朽的清政府已不值得为之效力，拒绝赴任。家人虽为之惋惜，但亦能理解。那一套官员仪仗只好弃用，至今列于苏寿崧旧居房廊两侧架上。为了养家，苏寿崧只好从事茶叶买卖。

此次致仕，是因为道不同不相与谋，而非消极遁世，当初给自己取 "寿崧" 这个字，就是立志要做寿山上的一棵松，风雨不动摇，寒冬仍长青。隐居寿山贩茶，失望之余的朱寿崧，继续寻求救国救民之路。但是，前途安在？站在金钟顶上，浓浓的白雾从深深的山谷溪涧中升起，弥漫了整个观寿兜（寿山），遮蔽了莽莽群山。苏寿崧陷入极度的苦闷彷徨之中，唯读书以自遣了，四书五经自不必读了，本就是为了应试，上千年、几十代人皓首穷经，还能从中读出什么新的见解，官都不当了，还读它干什么！从苏寿崧一生的思想发展轨迹上看，在此期间，他应该是读了不少西方文学和自然科技方面学著作，接触了一些孙中山的三民主义和西方的民主思想，逐渐从维新派的支持者向坚定的革命派过渡。

除了从事茶叶生意外，苏寿崧大多在书斋里读书写作，因此，给自己取了个蛰楼的笔名，开始酝酿并着手创作带有写实性质的长篇章回小说《双钏记》，试图通过描述一个家族的败落，揭露和批判社会，唤醒民众，并排遣心中苦闷。从《双钏记》笼罩全文的暗淡灰色情绪和悲剧性的结局中可以看出，此时的苏寿崧对大清王朝、对 2000 多年的专制集权统治腐朽没落和无可挽回的败落结局有了深刻的认识，对社会的颓废和政权的腐败感到深深的绝望。

二

经过一段时间的潜心思考，苏寿崧认识到，国家富强、民族振兴之路，还在于科学、民主与法治，而在当时，捷径便是向西方发达国家学习。怀揣这样的理想，清光绪三十二年（1906），苏寿崧考入福建法政学堂高等学科。这是福建近代史上第一所以培养法政专门人才为主的高校，也是全国最早成立的私立法政专门学校。在这里，除了学习法律知识外，苏寿崧还经常参加开展"模拟民事法庭"等多种模拟课堂实验，到工厂实习。

其时，正是改良派与革命派激烈交锋时期，1905 年，孙中山在《民报》发刊词中首次提出"三民主义"（民族、民权、民生），与梁启超、康有为等改良派激烈论战。1906 年 12 月 5 日，立宪派结成组织推动君主立宪。身处都市、学堂，苏寿崧有了更多机会接触到进步思想。此时，孙中山已经在日本东京成立了中国同盟会，汹涌澎湃的民主革命浪潮遍及全国各地，苏寿崧从中看到了希望，毅然加入同盟会，投身图存救亡运动，积极宣传三民主义，实践共和理想，完成了从康、梁的改良派到孙文的三民主义革命派的蜕变。但是，其时福建还是清政府统治，虽然是私立学校，迫于形势压力，苏寿崧 1908 年的毕业论文，还不能直接鼓吹民主革命，他写道："专制政体，天子当阳，宰臣辅治，宰臣进退由人主。立宪政体，内阁任责，君上享成，内阁升降由人民"，并强调，"腐者蠹国，妄者乱国，二者均病"。既然不能表达民主革命思想，那也不能因此而歌颂专制帝制，那就阐述相对进步的君主立宪制吧。从他的毕业文化中，完全可以读出忧国忧民的情怀与民主进步的思想。

三

1908 年，苏寿崧学成毕业，由于体弱多病，只好回寿山老家休养，继续经营茶叶生意，以贴补家用，但他从未放弃对共和理想的追求，利用一切机会，大力向乡亲们宣传三民主义，传播共和理想，卓有成效。

在他的影响下，他胞兄和多位堂兄弟、朋友也成为三民主义的信徒、同盟会的坚定支持者。当时，偏僻的寿山，乃至整个屏南，基本上还是死水一潭，人们仍留着长辫子，读着私塾，遵循膜拜儒家的纲常伦理，沉睡在大清"君君臣臣、父父子"专制统治里。他逐渐认识到，改变，还得从文化开始，还得从培养青少年开始。他与胞兄苏寿萢一起，多方筹款集资，宣传新式教育，创办了寿山两等小学堂，取名为寿山学堂（此前全县仅县城双溪一所两等小学堂，其余均为旧式私塾），苏寿崧自任校长兼教员，苏寿萢任学堂堂长兼教员，义务教学。没有学校，他们就把学堂设立在自己的房子里。

　　除了"读经讲经"这个老课程外，还开设了修身、中国文学、算术、中国历史、地理、格致、图画等课程，当然，最重要的是，兄弟俩还结合课程向学生渗透、传播新民主主义思想。刚开始时，只招收了二十几个学生，根据他们的学业水平，将他们分成两个班。桃李不言，下自成蹊，越来越多人把孩子送到他们的学堂学习。苏寿崧的房子已经容不下那么多学生了，就把学堂搬到一座叫太保楼的神殿里。兄弟俩也忙不过来了，只好以村公店租金做师酬，先后聘请拔贡、秀才六人为师。寿山学堂为当地培养出许多学生，后来多成为一方人才。

　　苏寿崧利用一切机会宣扬同盟会宗旨。族兄苏正滔建新房子，打造条石门框时，请苏寿崧这位大才子撰写对联。村里的大门楹联，不是"圣恩天广大，文治日光华"这类颂扬皇恩浩荡的，便是"功高崇许国，望重仰眉山"这类炫耀本家光辉历史的，再有就是平安、发财之类吉庆内容。苏寿崧略一思忖，挥毫题下"同仁联五福，主义达三民"，有些人认为这不够吉祥喜庆，但苏正滔深受苏寿崧进步思想影响，也是三民主义的信仰者，因此乐于接受。似乎是为了弥补，寿崧给题了个吉庆的横批"祓禧襏祜"，据说，凡是请苏寿崧题的对联，大都是宣扬三民主义的内容，只是其他的对联未能保存下来。

四

　　同盟会建立后，从 1906 年到 1911 年初，先后发动了萍浏醴、潮州黄冈等 8 次较大规模的武装起义，但都失败了。同盟会员不屈不挠，秘密筹划于 1911 年 4 月组织广州起义。得知这一消息，苏寿崧非常振奋，恨不得立即投笔从戎、冲锋陷阵，可是这该死的身体正在患病，走几步就气喘吁吁，何谈长途跋涉远赴广州？他捶打自己的双膝，对自己不争气的身体痛心疾首。但有什么办法呢，只好寄望于亲友，在他的动员下，同族兄弟苏福康、苏正仪、苏俄弟、苏正蓄欣然前往。3 月 29 日，四人从寿山出发，沿茶盐古道过前墩，下瀛洲，出霍童，过宁德，翻山越岭，餐风宿露，风尘仆仆到福州马尾，但没能赶上福州的大部队，他们已经开赴广州，联系不上。四人联系了船只，准备自行前往广州，却传来了广州起义失败的消息。不断有消息传来，福州的林文、方声洞、林觉民等八十余人英勇牺牲，人们收得其中 72 具烈士遗体葬在黄花岗，这就是 "黄花岗七十二烈士"。一时福州也风声鹤唳，苏家兄弟四人只好怀着无比遗憾和沉痛的心情折返寿山。

1911 年 10 月 10 日，武昌起义爆发，辛亥革命成功。1912 年 1 月 1 日，中华民国成立，孙中山担任民国临时大总统。苏寿崧当选为屏南县首届参议员、福建省临时省议会常驻议员（全省常驻议员仅 17 名）。苏寿崧抱病赴福州履职，鞠躬尽瘁，不久病情加重，无法视事，被迫告病离职回乡。但苏寿崧仍时时挂念共和事业，在民国初期纷繁复杂时局变化之中，无论是袁世凯窃国称帝，还是北洋各派系混战，城关变幻大王旗，他始终追随孙中山先生，信奉三民主义。

1917 年 7 月，以孙中山为首的革命党人为了打倒北洋军阀专政，建立共和民主法统，在广州发动护法运动，苏寿崧欢欣鼓舞。1918 年，同盟会员、福建光复会会长吴适奉孙中山大元帅之命回闽收编各地民军，任连罗古屏大游击司令。苏寿崧几经周折，与吴适取得联系，他和苏福康、苏正仪等一起，积极斡旋，动员地方武装郑威明部归于吴适麾下，在当地开展反对福建军阀统治的护法战争，苏福康任郑威明旅参谋长、苏正仪任党部书记。后来，护法运动失败，苏福康、苏正仪被迫返回寿山。

1919年，北洋军阀成立福建清乡处，镇压民军反抗。大山里的寿山亦非世外桃源，北洋军政府到处追捕起参与护法运动人员。郑威明在老家寿山村暗后厂给其养父葬墓，一天晚上，他在家中置办酒席宴请亲友，苏福康、苏正仪兄弟等俱在，被突然而至的全副武装的敌军包围。郑威明恰好有事临时出屋，侥幸逃脱，寡不敌众，苏福康、苏正仪兄弟被捕，关押在县城双溪的监牢内。他们怀疑苏寿崧是主谋，并意图挖出更多的同党，因此，对苏福康、苏正仪等严刑拷打，但他们强忍剧痛，矢口否认，被杀害于双溪西门教场坪。苏寿崧悲痛欲绝，但没有动摇他的理想信念，继续频繁与吴适联系，筹划组织武装力量打击北洋军阀在福建的势力等事宜。

五

苏寿崧思想进步，而且博学多才，其书法刚健有力，这从他所书写的"同仁联五福，主义达三民"可以看出。他有很高的文学天赋，在经商和教书育人的间隙，他还从事长篇小说的创作。从有关史料中得知，苏寿崧著有《双钏记》和《鹃啼记》两部长篇小说，发表于上海沈枕亚任主编的杂志《小说月报》。他选择这家刊物投稿，是因为《小说月报》是第一个大型新文学刊物，经常发表具有民主主义和现实主义倾向的创作和论文，积极介绍外国文学名著。《双钏记》得到编辑的高度认可，很快在《小说月报》上全文发表，并被标以"中国文学名著"字样。

苏寿崧胞兄苏寿莨的后人，屏南县原人大常委会副主任、作家苏维邦多方搜寻，仅觅得《双钏记》原著一本，为文言文体章回小说。原书封面标明"中国文学名著""苏蛰楼著""上海中原书局出版，锦章书局经售"等字样。据苏维邦考证，苏蛰楼为苏寿崧笔名。当年，《双钏记》应该是销量不错，于 1912 年初版，1936 年再版。可惜《鹃啼记》至今未能寻得。

《双钏记》通过鬼口乡首富荷生与堂侄修文两家的瓜葛、矛盾，描绘了清朝末期的社会百态，揭露了拜金主义导致家风败坏、家道败落的社会现实，揭示了清末社会颓废和官场腐败，暗示了辛亥革命的必然性。

据苏维邦考证，《双钏记》为写实体小说，小说故事背景即辛亥革命前后的寿山村，书中的内容具有明显的屏南以及茶盐古道的地域特征，为一本取材本地事件，探寻历史轨迹，反映乡俗民情的乡土小说。《双钏记》对研究清朝末期的政治生态和社会百态，有一定的历史与现实意义。

小说的语言幽默生动，且极富时代特征。如"须竟不服从其命令大类革命党人愈经压制则其反动力亦愈大"，以革命党人的意志来比喻胡须的顽强不屈和蓬勃生机，既是对革命党人的歌颂，又是自己坚定的革命的决心巧妙表露。

小说借了主人公之口，表达出清末变革时期仁人志士的理想与抱负，如"我儿勉之，须知国家兴亡匹夫有责"，其中"吾父慨然曰：'男儿当以国为家，国破胡家为？我汉族之神州赤县沉于觉罗氏也……'"正是孙中山先生在 1905 年所提出 16 字政治纲领的前两句"驱除鞑虏，恢复中华"所表达的意思。

从仅存的《双钏记》可以看出，苏寿崧深受西方文化的影响，读了许多西方的文学著作，对西方科学技术发展方面的内容也颇感兴趣。小说中许多比喻，运用西方现代科技为喻体，比如，"世人皆谓轻风为祸水，吾则谓之为欧战中新发明之无声无烟毒气枪""彼人坐于小杌子上，汝夫与彼作眉语，两人目光交互成文似打无线电"。

苏寿崧曾立誓将一腔热血报效国家，并一直为之努力，可惜辛亥革命之后，军阀混战，共和未竟，"革命尚未成功，同志仍须努力"，晚年的苏寿崧心怀郁郁。1928 年，重病缠身的苏寿崧带着些许遗憾，走完了一生，享年 55 岁。也就在这一年，北洋军阀统治走进历史。

建于清中期的苏寿崧故居完好地矗立于寿山村中，为一进楼厅院落，飞檐斗拱、雕梁画栋，颇像一位乡村旧绅士，静静地接受着游人的怀念和凭吊。

纵观苏寿松一生，不管其为官为师或为商，不管穷与达、进与退，始终抱定理想不放松，就如山上一棵松，不管风刀霜剑、春夏秋冬，都咬定青山，历久长青。

昔人已逝，故居犹在，浩气长存。

繁华落尽见真淳

◎ 莫　沽

一

大学期间，我的宿舍住着六位同学，其中有一位是来自福安的闽东老乡，其他的分别来自福州、南平和永泰等地。让我俩感到尴尬的是，我们两位闽东老乡之间竟然无法用方言交流，而我与非老乡关系的其他几位舍友却都能流利地用方言交流。这使我对闽东方言的复杂性，有了切身的体验。

10多年前，我在寿山工作过一段时间，发现当地人皆能听得懂我说的方言，而我若想听明白当地的方言却相当吃力，甚至有许多听不懂，这完全不符合同种语言具有双向交流功能的规律。经了解，原来当地方言中融入了濒临消失的"八音嗽"，使其语言交往增加了信息接收的能力，而大大地减少了信息输出源，难怪与当地人交流会有一种"只出不进"的感觉。那么，屏南大地上为何仅寿山村流传有古老的"八音嗽"？这是一种怎样的语言？它来自哪里？

"做吃靠双手，传话凭一口。"这句古老的顺口溜不知从哪一年开始就刻在村民心里，并随着村庄的烟火一传数百年。在这漫长的历史长河中沉淀下来的耕读文化，除了得以耳闻的母语、行腔顺畅的北路戏、官树兜的传说等非物质文化遗产，还有弯弯曲曲的茶盐古道、零散的古茶行遗址、树林公庙序區、朱子手迹"韩潮苏海"、孤寂的石旗杆、苏氏宗祠，以及大量的明清古民居等文化遗产。所有这些，无不如一位饱经沧桑的老者，在执着地诉说着村庄曾经的繁华。

二

良禽择木而栖，智者择地而居，是动物进化的一个普遍规律。寿山是个传统血缘村落，聚居着清一色的苏姓人家。印象中寿山离不开"穷"字，是个典型的省级贫困乡。可见，苏氏开基始祖并不遵循这一规律择地肇基。我由此联想起自己的故乡也是一个偏僻的小山村，开基始祖曾经是个流浪汉，一个温暖的小窝该是他最大的梦想了吧！凭着他勤劳的双手，终于被一户人家收容并入赘，而繁衍了一个炊烟袅袅的村庄。那么，苏氏肇基始祖是如何看上这样一个穷山僻壤的山旮旯呢？

环顾寿山，只见东有巨石兀自斜出，大有将军出阵之势；西有崇山逶迤，呈半月沉江之象；南有延绵群峰，如朝天逐浪锦鲤；北有巍峨笔架山，布开北斗七星阵。村口左右双狮守关，金钟送福；水出关口悄然跌落，雾气腾腾；一石如鲤，欲跃龙门。远看村头山如龙伞，村庄呈一条吉祥的上港鲤鱼。站在这里，你会赞叹苏氏开基始祖那一双辨识福地的慧眼。

据官树兜《苏氏家谱》载，寿山这一支苏氏始祖于隋时南迁入闽，几经辗转，由福安迁往厚福洋，即今之寿山猴洋村。明初，苏氏二十八代孙开立到寿山村开田耕作，结寮而息，观山数寿，乃称之为观寿兜，至开立之孙温四公始定居观寿兜，至今已有500多年的历史。当初那孤寂的一寮一灶一炊烟之家，现已分出300多灶，繁衍子孙1400多人。

村中流传有多种关于村庄名称的版本。除观寿兜外，围绕"观山数寿"定下村名曰寿山；由观寿兜谐音，对功名仕途的向往，加上村前有一棵古椤树，又称之为官树兜，简称为官兜、观兜。有《官树兜的传说》《美女峰与古椤树的传说》等关于官树兜村名的美丽传说在村中流传。

传说很久以前，一日，村前那棵枝繁叶茂的古椤树突然干枯了，有村民操起利斧子欲砍了做起厝木料。一连三斧子，斧口处喷射出殷红鲜血，这位村民受到惊吓弃斧而归。夜晚梦见椤树说它去阴间为官，任期三年。三年后，枯枝果然又逢春发芽，枝叶又郁郁葱葱。此后，这棵古椤树就成了官树，寿山村也成了官树兜。树兜处设有香案，村中学子赶考或求取功名者必前来焚香许愿，以抚慰心灵。

三

"眉山人物推三杰，许国文章是一家。"这是苏氏宗祠大门上的一副对联，联中讴歌的四位先人是苏氏家族引以为荣的典范，是代代子孙茶余饭后最响亮的谈资。论文论官唐有苏颋，袭爵许国公与宋璟一同拜相；宋有眉山苏轼父子，世称"三苏"，"唐宋八大家"苏家三杰占三席。村中名望人家多有采用这副掷地有声的楹联激励子孙后代，与此相类似的励志联还有"功高崇许国，望重仰眉山""高才标五凤，名华重三苏"等，读之让人心生敬仰之情。

苏氏宗祠坐南朝北，始建于明代，在历史长河的起起落落中，几经磨难，近乎荒废，于1958年、1995年进行了两次大重修。宗祠正堂设12座神牌位，观寿兜肇基始祖温四公端坐正中，下廊有一大天井，立有两对高大石望柱，其中一对石斗上阴刻"光耀月殿工，志步云衢"八个大字，为清道光年间贡生苏万元所立。驻足仰望，苏氏先人读书出仕光宗耀祖之豪情犹历历在目。

受许国文章、眉山人物等读书出仕家风的影响，苏氏代代子孙中皆有浓厚的书风，历史上通过读书"光耀月殿"的学子辈出。如清乾隆年间开县秀才苏鸿章、清道光年间贡生苏万元、清咸丰年间恩贡苏万泉等。至清光绪元年，小小的寿山村，竟然传出了"一村三监生、三贡生"的美名。村中一块立于清光绪年间的"树林公庙序匾"，记录下了这六位学子的芳名。匾的正中间镶嵌有一块铜镜，寓意"秦镜高悬"，学而优则仕，仕则公正廉明造福黎庶。苏氏先祖将匾悬挂于林公殿，可谓用心良苦。

朱子过化存神，满地草木生香。我不敢想象寿山这个藏在山旮旯的小山村的草木亦能生香，但我从长房弄上得溪前厝，驻足凝望朱子手迹"韩潮苏海"的那一刻，似乎闻到了朱子过化后留下的余香。《〈盛世危言〉跋》曰："观其上下五千年，纵横九万里，直兼乎韩潮苏海，则不啻读《经世文编》焉。"清代杨毓辉将苏氏先人苏轼的文章与"唐宋八大家"之首的韩愈，并称"韩潮苏海"。想当年，朱子为这户苏氏子孙题写"韩潮苏海"，有榜样、有鞭策、有激励，其中更多的应该是期待吧！

四

晚秋，寿山已有明显的寒意，由于人口的外迁，使得原本孤寂的古村大街更显寥落。然而大街两侧的黄土墙、青黛瓦和小木屋却并不寂寞，远处有群狗撕咬的吵闹声，却随着一阵杂乱的爪刨声消失了。很快，一辆拉着谷筐与打谷机的板车从我的眼前轻快而过。哦，原来已是刈稻谷的季节了。

街道两旁老柜台上的木窗板已经卸下来了，窗板很随意地堆放在窗户边，店内空荡荡的，偶尔有两把老椅子，或随意堆放一些无用的杂物。柜台边有青苔快活地往上爬，一些青苔爬进店内步调拉得特别长。一位老奶奶端着一碗饭，在空荡荡的店里绕着一个小孩子跑。店内有两个叠放在一起的破竹茶焙，成了这对老少跑跑抓的障碍物。

我从两个破茶焙中闻到了茶香，寿山曾经是一个小有名气的茶村，清末进入鼎盛时期，全村有八大茶行，所产茶叶多数经传道士销往德、英、法、俄等欧洲诸国。"据调查，民国五年（1916），寿山村'协升''泰和''泰丰'三个茶行收购茶叶 22.5 吨……"《屏南县志·茶业》记录下了这三个茶行该年的茶叶收购量。在寿山，我看到了岭头正丰行、溪头协春泰茶行、溪尾行三座老茶行遗址。从那零落沧桑的遗址上，可以想象由茶事带来的熙熙攘攘人来人往的繁荣景象；大街旁的那两排老店，也该有各种足以吸引八方来客的叫卖声，奏成一曲古老而铿锵的交响乐吧！

手握银两是大爷，吃饱喝足好嗑聊。茶、酒、戏是古代村民主要三大健康休闲娱乐方式。茶酒激活味蕾，戏曲大饱眼福。茶酒不分家，几乎家家户户都饮茶，都喝酒、酿酒。客人来了一碗蛋茶不可少，围炉小饮、嗑聊闲啜、三五交杯也别有风味。晚饭后，信步在寿山村，一种古老的戏剧唱腔勾起我的许多回忆。儿时，村村都在演戏，戏剧陪伴着孩子们健康成长。仔细聆听，这种穿插秦腔、老拨子和杂调的唱腔似乎又有些陌生。据村中的老艺人介绍，这种颇具特色的唱腔为乱弹戏的独有唱腔——梆子腔，乱弹戏又称北路戏、尺调戏等，兴于明，盛于清。传统剧目有《碧玉钗》《状元游街》《双合缘》等数十种，清道光年间，农民表演家苏兆岁组班到闽浙赣等省演出名噪一时呢！

望着那一班自弹自唱自娱自乐的老人，我不敢想象，这些快乐的老人与那些飘零的老屋还能坚持多久？

出了寿山村，村前的茶盐古道有一种让人一走为快的欲望。朝北，穿过上下七房，直达旧县治双溪。朝南，越过前垅，下得莒洲，就可以参与"赶鲜瓜"了；再往前就到了金钟渡、霍童，那可是一个要啥有啥的另一洞天。寿山，这座位于宁古屏三县（区）交界处的村庄，是这条茶盐古道上的一个重要枢纽，无疑是屏南对外敞开的一扇窗。这就不难理解，开县之初，寿山为什么会成为这条茶盐古道上最大的村庄了，其规模比肩县治双溪。

五

村头有一棵枝繁叶茂的参天老柳杉，像一把撑开的巨伞，又像一个挺立的卫士，枝干粗壮，且已开裂，局部恰似一节脱箍的大木桶。有一两根枯枝随风飘落，是为来春去旧迎新做足了准备。一阵劲风吹来，又有一两根带着绿叶的细枝落下，这大概就是自然淘汰法则吧！一位老大爷坐在树下身倚树干闭目养神，偶尔也睁开眼在脖子上挠一两下，一位小女孩手捧一个大竹简，在地上寻寻觅觅，好像是在捡树上落下的种子吧！间或，爬到爷爷的大腿上黏上一阵子，尔后又心满意足地跑去玩耍了。突然，有"啪——"的一声闷响，老爷爷抬起了头，朝着掌心乜了一眼，想必是打着一只大蚊子了。他朝小女孩做了个手势，小家伙立即心领神会，拾起一枝树叶递给他，他摘下三两叶放在掌心里揉了揉，往被蚊子叮咬处涂抹了几下，又若无其事地闭上眼睛了。见到我疑惑不解，同行的一位朋友介绍说，柳杉叶具有止痒、止痛、清热解毒药等药用功能……

村民的生活如此恬淡宁静，很难让人将"风云""火红""烽烟"等激昂的字眼与之联系起来。可是，在跌宕起伏的历史长河中，寿山却有过无数次风起潮涌的际会。面对黑暗，苏氏子孙对光明有着强烈的渴望，执着的追求，甚至不惜抛头颅洒热血，先祖眉山苏轼横眉冷对桀骜不驯的性格被刻画得淋漓尽致。

据村中长者介绍，早在明朝，就有村民加入民族英雄戚继光的军队参与抗倭战争，在打击倭寇的战场上冲锋陷阵，至今流传在寿山村的"八音嗽"，正是当年戚家军内部使用的一种军事暗语。寿山光饼，是备受老少欢迎的零食，耐于贮存，中有孔，可用绳索穿成挂饼挂在身上，据说为戚继光发明的军用干粮，简称"光饼"。

"同仁联五福，主义达三民。"这是清末副举人、中国同盟会会员苏寿崧撰写的一副对联。这副饱含共和理想包袱的对联，阴刻于苏寿崧自家的大门上，并借此大力宣传中国同盟会宗旨和革命纲领。在他的影响下，苏福康、苏正仪、苏俄弟、苏正蓄等青年走上了民主革命的道路。

抗战期间，村民苏正享等一批爱国年轻人，报名参军，奔赴前线，奋勇杀敌，谱写了一曲可歌可泣的抗战之歌。屏南耕读文化博物馆中的清风正气史鉴馆，收藏有一张署名时任国民党军长黄百韬，并加盖私章的"直接参与作战官兵证明书"。这张发黄的证明书，证明了苏正享为第一〇八师炮兵连"一等兵"，落款时间为"民国三十五年二月"。

解放战争时期，著名锡匠、五金匠苏永篇冒着生命危险为红军游击队修补枪支的事迹，至今仍传为美谈。采访中，我发现寿山村上了年纪的人，还会说一种美妙的"鸟语"，据说是由清末苏永彻等人创造的。我想这种美妙的语言，在那红色年代定能发挥出"红军嗷"的威力吧！

稍作流连，日已西落。刈稻谷的农夫陆续收工，古街上推拉板车的老夫老妻，挑谷担哼小调的农夫，洒下满街的稻香。我在这熟悉的谷香中与古村匆匆作别，猛一回头，却看到残阳如血，染红了天际。

硋窑的前世与今生

◎ 陈曼远

一

英文单词"china"意为瓷器，其首字母大写之后（China），意为中国。这个被以瓷器命名的古老国度，它的瓷器与丝绸一样，已闻名于世几千年。在祖国瓷器技艺传承的大河中，有无数支干，其中就有一条小小的溪流，在闽东小县屏南的土地上默默流淌。

关于本土的瓷器工艺，清乾隆十七年（1752）《屏南县志·物产志》如此记载："土磁器出村头、前村，两处泥细嫩，可烧瓷器，足供古、屏二邑之用。"又有民国三十年（1941）《屏南县志·实业志》载："硋窑、兰溪、古厦、龟溪、三保诸处土磁，足供一邑之用。"这便是屏南瓷器有据可循的繁华。

在屏南寿山乡，有一个村子叫"硋窑"，它就是县志里提到的"硋窑"。该村因曾经盛极一时的瓷器，被列为县级文物保护单位，名曰"硋窑瓷窑址"。"瓷"的屏南方言发音读"亥（hài）"，它相对应的汉字则被写成"硋（ǎi）"。如今的"硋窑"，既是一座瓷窑的遗址，也是一个村名。

二

硚窑村与许多屏南小乡村一样宁静古朴，却又与众不同、别具一格。村里的房前屋后，可以看到瓷碎片；路边、田埂、山坡上、菜园里，可以看到瓷碎片；就连许多房子的土墙上，也嵌着数不清的瓷碎片。文物部门从这里采集到的标本，有碗、碟、壶、瓶、盆、盏、杯等日用器皿，其中以碗碟居多。专家推断，至少从宋代至明朝初年，硚窑村就有瓷器生产。那时候，曾经有一群姓詹的人，在这片土地上建立了许多瓷窑，他们以制瓷为生。因制硚技艺在此聚族而居、由此形成的村落，也因这项技艺，而被极为通俗地命名为硚窑村。

朴素的匠人们珍惜营生所依赖的这项技艺，他们匠心独运，精益求精，使得此地生产的瓷器声名远播，除了供应本邑外，还被送往更远的地方，村庄也因此繁荣富足。

> 波山前后十八寨，梅岭左右廿四窑。
> 太保铁炉喷金花，赤岩银坑流银沙。
> 硚窑盘盏出大洋，棠口锣店响天下。
> 木楼马道通南北，莒州运硚出琉球。

这首曾经流传于古田东北部（今屏南）的宋代民谣，描绘了当时屏南瓷器的辉煌。其中，就提及硚窑出产的瓷器，曾沿着茶盐古道，被挑到宁德的莒州码头集结，途经霍童溪，抵达三都港，再漂洋过海，出口到琉球等地的盛况。

今天，硚窑村的村民皆姓高，詹姓已不复存在。但是，周边几个村落的祠堂里，却依然供奉着"詹五、詹七、詹九"三位师公的神位。他们曾是硚窑村瓷窑群里有名的师傅，可在一次烧窑出炉时，却发现所有的碗盘瓷碟都黏在一起分不开，一炉瓷器全烧坏了。三兄弟难过至极，慨然以死相谢。后人感念他们的匠心与操守，将他们敬奉为祖师爷和庇佑烧窑行业的神明。

三

今天的每一个硵窑村人，几乎都懂得村名的来历，却无奈于这项手艺的沉寂。他们一边司空见惯于菜地果园里、除草挖地之时，随时看到的碎瓷片，一边怀揣着家喻户晓的传说与预言。据说，在明代末期国家衰亡之际，百业凋零，出口锐减，硵窑也不可避免地走向没落，当时的最后一口龙凤窑，为后人留下未开封的满满一窑瓷器，同时，也使得这个村庄的制硵史留下一个遗憾的休止符。遥远的时光尘封了埋藏于地下的窑瓷，却生出一个扑朔迷离的预言：谁能生出龙凤胎，谁就能得到这个宝藏。不知他们对这个预言相信的成分有多大，只知至今还没有人告诉他们，在医学发达的时代，生龙凤胎并不难，可是想获得这满满的一窑瓷器，却比登天还难。因为几乎所有的古窑，都没有出土过整窑的器物。

因制硵技艺形成的硵窑村，在时光的研磨中，已然失却了它曾凭借瓷器而获得的富足，就连瓷窑的遗址也不再脉络分明。唯有在瓷窑遗址所处的山坡上生长起来的果树，依旧年复一年地随着季节的变换，绿了黄，黄了又绿。走在硵窑村寂静的巷子里，听身后寥落的足音一下一下地回响。阳光从高高的墙檐之间落下来，打在土墙上，将嵌于其间的碎瓷片照得发亮，在这忽然而来的耀眼之间，那首民谣又一次萦绕于耳畔。

"硵窑盘盏出大洋……木楼马道通南北，莒州运硵出琉球。"千年的民谣依旧在传唱，而歌谣中的古道却早已荒草丛生，日挑百担的陶瓷挑夫已然不再，沉溺于水下的莒州（又称古瀛洲）寂静无声，硵窑的盘盏已成考古，许多手工技艺和生活场景也随之消隐于时光深处。

四

　　屏南制硋技艺传承的溪流，就止于对"硋窑瓷窑址"的考古与追忆吗？不。所幸，在硋窑没落时，屏南棠口一带的瓷窑，因取材的方便，工本的低廉，广泛的需求，顽强地存活了下来。到清咸丰年间，一个因它而兴的乡村崛起，这就是硋厂村。硋厂，是做硋的厂，同时也是一个村名。

　　仿佛是冥冥之中已有的安排，又一个由许多以制硋为生的人聚居而成的村庄，接过制硋技艺传承的火炬，将这项泥与火的技艺延续。在民国时期《屏南县志》所载的"硋窑、白溪、古下、龟溪、三保诸处，土磁足供一邑之用"中，与当时的硋窑一起入列的"龟溪"，就是今天的硋厂村所在的棠口贵溪行政村。在今天的棠口乡，与硋厂村吴家第九代制硋人的龙窑并存的几口窑内，依旧有熊熊烈火在燃烧。这些火焰，照亮了我们对本土硋器技艺的追寻，让我们在谈及这项本土传统技艺时，不会空白与模糊，而是十分钟的车程就抬眼可见、触手可及。

　　硋窑瓷窑址，则成为屏南硋器技艺传承中一个不可缺失的代码，它弥补了活态传承的无根无依，让屏南硋器技艺的传承，有史可考，有据可循。

福地寿山（外一篇）

◎ 郑玉晶

厚胎，酱釉，兔毫，斗笠形，它像一个初生的婴儿，刚从母腹中给抱了出来，身上还带着一层乳白的胎脂，这是历时一个多月的硋窑瓷窑址考古发掘工作中发现的唯一一件完整器。

现在，这个酱釉茶盏安家于玻璃展柜里，供人览赏。在此之前，它已经在被极高的温度烧得粘连一体的匣钵里沉睡了500年以上了。至于精确的时间，还不具备碳-14断代技术来确定，省里的专家推断，这是南宋中期至元中晚期间的古窑遗址出品。

硋窑是寿山北部的一个乡村，方圆十几公里范围内，遍布着古代烧造陶瓷器的废弃物。探方发现，堆积层里，旧窑叠新窑，新窑又成旧窑，二三十条窑炉时代参差在200年左右，在闽东范围内，硋窑瓷窑址的体量是最大的。

"波山前后十八寨，梅岭左右廿四窑。太保铁炉喷金花，赤岩银坑流银沙。硋窑盘盏出大洋，棠口锣店响天下。木楼马道通南北，莒州运硋出琉球。"这首民谣是宋代流传于古田东北部（今屏南）民间的。其中"梅岭左右廿四窑""硋窑盘盏出大洋""莒州运硋出琉球"讲的就是宋代屏南陶瓷器生产和销售极为繁荣的情景。当然，那时候既没有屏南这个县级的建制，也更没有寿山这个地名的称谓，但硋窑千百年前的烧造遗留，却无一不指向了这一方土地久远的辉煌。

当一首民谣以它不衰老的生命传唱了千年，它已经具备了史诗的意义。这是寿山是块福地的一个力证，就像硋窑村家家户户土墙上，不能不镶嵌的碎瓷片，只要阳光照耀，就会闪烁着亮光。

在寿山村的小饭馆里，不仅仅能吃到"肠中肠""寿山米烧兔"等名闻遐迩的地方美食，也许，酒足饭饱之后，饭馆的老板娘和客人聊得投机，兴之所至，欣然来一折乱弹戏表演，这都不是让人惊诧的事儿了。饭馆的方寸之地，此时已是遥远的中原陈州，至于老板娘，当然是黑脸包龙图了。手撩着虚拟的龙袍，转背退步而出，至九龙口转身，猛然抛袍，干脆利索的"倒米"，把他的忠诚耿直、疾恶如仇、爱民如子饰演得入木三分。这真是美食之外的另一盛宴，且全不在客人的预设之内，让凡常的游玩获得一份额外赠送的快乐，谁不欢喜呢？

这样的福分，对于世代居住于此的人来说，是司空见惯的。屏南是"中国戏曲文化之乡"，寿山乱弹戏是这个文化符号的重要组成部分。200多年前，乱弹由北方传入闽东后，与当地民间戏曲相结合，最终形成各地乱弹自己的特色，并衍化出北路戏、闽剧"江湖"声腔之源头。清道光早期，以苏兆岁为班主的寿山村民，聘请闽浙赣三省乱弹名艺人，成立"三省福"乱弹班，在屏南各地演出。清末，屏南寿山乱弹进入鼎盛时期，在闽东北及浙江、江西等地演出。

原始形态的乱弹腔，至今仍存留于屏南县寿山村等地，被列入福建省级非遗后，这一文化瑰宝得以有序传承。所在，不经意间，在小饭馆里，欣赏到一出别样的乱弹戏，也就不足为奇了。

在历史的兴衰更替中，寿山总会占据一席之地，不仅有东渡日本的硋器，唱响三省的乱弹，还有风靡英伦的茶叶等等。

19世纪下半叶，列强用枪炮和鸦片打开了中国大门。在英属国家，中国红茶饮品，成为仅次于咖啡的第二大饮料，一时间，中国红茶风靡英国上流社会。"四面环石，无土可耕"，这是寿山穷山瘦水的真实写照，穷则思变，智慧的寿山先民利用寿山联通山海的地理优势，让寿山华丽变身为屏宁茶盐古道的重要集散中心，金钟渡—岭头—吉垄—白凌（茗园）—门楼岔—官（观）寿兜（今寿山村）—碇窑—梅溪—亭下—洋中—横板桥—双溪（时屏南县城）……直通闽北茶叶重镇崇安。山海之间，茶路就这样打开了。几十年间，贩夫走卒，商旅往来，古道上热闹非凡，明代海禁之后，沉寂了几百年的寿山又热闹起来了。据说，鼎盛时期，这条古道上的挑夫一天就有大几百个，他们挑到金钟渡码头的是茶叶、笋干……挑回来的是海鲜、食盐……因为往来皆不空担，所以又叫"挑回头"。来来往往间，寿山先民又争得了生活的一份"福缘"。

"同仁连五福，主义达三民。"寿山一座古民居石门框上，楷体阴刻着这样一副对联。隔着近百年的时光，字迹依然清晰如初，严谨的法度，开张的气势，显然，撰写者浸淫过深厚的旧学。规整的书写形制下，却是个人思想情绪的表达。跃然的"三民主义"，把我们带入到一个摧枯拉朽的鼎革时代。观者自然会好奇问，这是谁呢？

他是屏南近代史上绕不开的一个人物，他叫苏寿崧，科举副举、福建法政学堂学生、同盟会员，这些看似不相融的身份都集于他一身，有点像梁启超等人，这是历史进程发展过程中赋予他们这一代人的使命，寿山也因了他而成为那一时代潮头上一朵小浪花。苏寿崧有着极深厚的旧学功底，但思想却不保守，他从封闭的闽东北山区来到省城，如从暗夜来到天光之下，以旧学之功底，汲取新思想之营养，又把自己的所学所思，带回家乡，创办寿山两等小学，这是屏南县最早创建的两所现代教育学校之一。这两所学校，像一缕阳光照进暗旧的屏南，为后来屏南成为新民主主义革命阵地注入了先机，印证了石门框上的"连"五福、"达"三民。

历史如巨轮滚滚，任谁也挡不住它的步伐。日子就这么安静地到了21世纪，对白玉溪看似不经意的一个日子，却迎来一个极为偶然的机遇，时光要送给白玉一份厚礼。因为穿村而过的这一段白玉溪陡平急缓，正切合建造皮划艇激流回旋赛道要求，被认证并立项建设，福建省第十六届运动会皮划艇激流回旋比赛项目将在这里举行。

这是白玉在岁月里的一个的结绳。

这个坐落寿山南部、与代溪镇中国传统村落康里村接壤，人口不能上千、寂寂无名的小村，从此以后，在火热的夏日里，常能见到来自四面八方的客人，他们把最青春激扬的生命交融到这条本来名不经见传的小溪里，那如飞梭、游鱼一样轻快的皮划艇，一支左右突摆的摇橹，那一溪五彩缤纷的，仿佛不是皮划艇，而是人类的速度与激情焕发的光彩，于寿山这个屏南最小的乡镇，是浓墨重彩的一笔，不仅只是白玉溪的福了。

不仅是白玉，在乡村振兴的号角声，前墘、降龙、白凌、普岭……这些或有着深厚历史文化积淀，或有着某个独特资源优势的乡村，乘上了发展的快车，成为屏南"打造全国一流文旅康养基地"的重要组成部分。虎年来临之际，在"虎年虎将故里过福年"暨"四季屏南，乡村有约"旅游推介活动打造的十条"福"线、三条精品线中，寿山赫然在列。

寻福，见福，造福，延福，对美好生活的向往，过去是，现在是，将来还寿山人民的愿望，像汤汤的白玉水，永远奔流不息。

拓一桥的故事与你说

风霜雨雪、虫屎鸟粪……碑上这一层岁月的妆容，着实难以卸下，我们带来的钢丝刷，都要派上用场了。流淌下的汗水，泼洒在石碑上的溪水，也分不清了。石碑边的苇叶子，不时撩拨着我们汗湿的脸，刺痒痒的。

蘸上墨汁，拓包拍打在沐后通体舒泰的石碑上，像有经验的按摩师一样有劲的温柔。偶尔，有一声鸟的鸣叫声和拓包"扑扑、扑扑……"声相和，山林显得更岑寂了。

我们是来拓龙井桥的四通碑记的。

撰者从容的笔调，刻者忠实的刀工，字迹越来越清晰了。冰冷凝重的石头，风霜泯去了棱角，沉潜积淀，有了这些字，这样的自守之物，显得温暖了。"……吾乡之南二十里许有龙井桥，不知昉自何代，询之父老及遗碑，大约创于炎宋，亦究无实录，终回禄于乾隆年间，今岁缘首募缘重建，嘱志于予，予思后之视今，亦犹今之视昔……"

我轻轻读着，慢慢断着，一字，一句，字不多，没有华丽的骈俪。"大约创于炎宋"，见过许多不知为知之者，尤喜欢这样一句老实的大白话，反而显出桥的悠久。一句"后之视今，亦犹今之视昔"，千百年来，不知让多少人悲欣交集，而我亦然。你站在桥上看风景，看风景的人在桥上看你。一座桥，一座历经千年风雨的桥，看过多少的今成昔。此刻的今，在分分秒秒间，又成了昔，大者如兴亡更替，小者如蝼蚁浮生。亘古的今昔、昔今。恍然间，又是一个196年了。

我想循着先祖的声音去寻找一段陈年的经历。

那一年，祖父的小弟八十大寿。在父母眼里，我已经不用他们背，也不用把我和弟弟一人一边的装竹筐里挑，是可以自己出远门的年龄了。

我们从家里出发，经过横淡岔、古代坑（我请教村里的老人，他们告诉我，康里去安溪的路不是这样走的，我查阅了地方志和地图，果然错了，权且尊重错位的旧忆）又翻过了几道山梁。日头随着我们一路奔跑，这时，它怕也要出汗了。穿新衣的喜悦，对细叔公一家的好奇、压岁钱的期盼都被疲乏给赶跑了。大哥和堂哥一步一颤的担子，一头是一个庞大的猪腿，一头的竹篓里，是米粿、糖包、给细叔公纳的千层底、新剪的布料……再没一点空隙容得下我们了。我和小堂姐赖在路边的草丛里再不肯走一步了。

堂哥说，到了龙井桥就可以好好歇一气，吃个午饭了，他也累了。

龙井桥还有多远？从这山上直往下走就到了。

龙井桥总算到了。那时我还没读过朱自清的《梅雨潭》，不知道

"还没看见瀑布，先听见瀑布的声音，好像层层的浪涌上岸滩，又像阵阵山风吹过"，但"这般景象真的没法形容"。在轰鸣的水声中，沿着极陡峭的崖壁凿就的小路往下看，深不可测的山谷之间，横卧着一条极大的蜈蚣，那是龙井桥廊屋的黑瓦顶。

桥的那一头，通往哪呢？大哥说是到更大村庄和老县城。更大村庄和老县城，是什么样子呢？我看着对岸，却只看到桥的那头，两根巨大的条石嵌在崖壁上，像盘古托起天地一样，托起桥的一半。这样霸气的条石，或者命中注定，自己会有一天，被斧凿锤敲。几十条蚁虫一般的汉子，一路号子，把它扛到这里。重重的石锤，一下一下的击打着它的身子，把它揳入那陡直的岩壁。几百年来，它背负着龙井桥，驮过多少跌宕起伏、平淡无奇的人生。它像伯牙瑶琴上的弦子，无悔地弹奏着这飞花碎玉的高山流水。

桥下的深潭，像极了一块不事雕琢的老坑碧玉。听说，这个深潭是一条龙舐舐出来的，所以叫龙井。龙井这么深，难怪装得下那么多的传说。是走村串巷的从龙井桥来的货郎呢？还是从龙井桥山野吹来的风？故事的种子，就这样播撒到乡村的每一条巷弄，播到我们小孩子的心间，在那里发了芽，长了叶子，想尝尝这果子的味道如何。

我去乡村文化人开的店里，他告诉我，我村里的一个商人和一个江西商人在兴化府（今莆田市）的一个客店相遇。夜来无事，围炉闲聊，都向对方吹嘘自己的家乡风物之盛。江西人说有一个部队带兵路过他家乡，一营士兵一餐才吃了半个胡萝卜，言下之意，极为自豪家乡的特产丰饶。我们的先祖想想家乡虽处僻壤，却也不能认怂，他挠挠脑皮，倒也不慌不忙，说道是，他某年初一送妻儿回官树兜（今屏南县寿山村）娘家，路过龙井桥，在桥上给儿子把了一泡尿，十五省亲回来，看到尿还没落入水面。

"志者何欲不忘也，非欲不忘经营之善，实欲不忘结构之艰，能不忘结构之艰，必不忘珍惜之意夫，如是则斯，桥也可历久而不敝歪……光绪十四年戊子蒲月吉旦康里贡生郑应东撰"。"结构之艰"

"珍惜之意""江南十五险桥之一"和这泡尿的故事传说都随着下游电站水库的蓄积而深埋到水底了。桥下的水张着双浑浊的冷眼，像一个昏聩狡诈又假装亲热的家伙，离你很近，却又让人看不透它的内心。还好，它还不是完全无视我和先祖的对话。水中一条水蛇，拨动着曲曲折折的水波，像冷漠表情下的一点脉搏颤动。

我想起那唯一一次过龙井桥的情景，那条龙大概早已搬家了吧！我也不再担心它会变成一口巨大的红棺材，吞噬那些过桥的人了。我一声叹息，脉搏也轻轻地颤动着。

正午的阳光，终于垂怜这深深的峡谷，有几束光亮，透过残瓦，直射到柱、梁、廊板斑斑驳驳、重重叠叠的字迹上，照到了桥曾经的热闹时光，这一曾经，就是几百年间了。

"浙江永康打锅二人经过白凌，1980.4.10"，"泰顺打锡路过康里"，落款是1975年8月4日。"补鼎补缸哦——补鼎补缸哦——"铸锅、锡镴、阉猪的……小孩子最喜欢的货郎担，拨浪鼓"咚咚"的响声，"叮当"敲下的那一角麦芽糖。回旋在村庄巷弄的这些声音，从我记忆的旮旯里一下子响亮出来，那么遥远又那么真实。这些热闹了村巷的贩夫走卒，热闹了年节的生旦净丑，我一直不知道他们从何而来，又从何而去，仿佛他们就是神仙，驾着是一朵祥云，来去自由的。原来他们走的都是龙井桥，我好像解开一个多年未解的谜。

廊板上有一首白粉笔写的诗："过去未来似浮云，龙腾虎跃势气涵。井底金鱼亦冲霄，桥架两峡万年祥。松下客 八二年四月。"我怀疑那不是白粉笔写的，粉笔灰怎么可能经30多年而不落呢？可是，又是什么呢？那年代，村里只有学校老师才有权利使用它，村里人敬称它为"白墨"。我无端地想起了那个叫彭存吉的老师，他就是和这桥一山之隔的白玉村来的。那个中山装的口袋上总别着一支英雄牌钢笔的老师，并不像松下问道采药的隐者一样仙风道骨，倒长着一脸松树似的脸皮。手织的粗布衣、手做的黑布鞋，乡下人穿习惯了，也看习惯了。学校里那几个身穿雪白"的确凉"的老师，就成为乡村一道华丽的风景。村庄人是好客的，是崇敬文化人的。把孩子送到学校，他们总要说："孩子送到学校，您就当是自己的孩子，该骂就骂，该打就打。"这个彭老师就真的把我的同学这样打过，那五个指印，很清晰地印在同学的小脸上，也印在我们的回忆里。这样的事情毕竟还是很少的。新来的老师像揳入嘴里的金牙，刚开始不妥帖，久了就只显出它的高贵了。想到这里，我哈哈大笑，莫名的笑声惊动了我的同伴。

"抗美援朝，保家卫国。为巩固我们伟大的国防……"纸素来畏惧水火虫豸，就算藏于箧中，也早已破碎得不可收拾了。这张纸，正是倚仗着龙井桥的一根横梁，牢牢地依附着桥，把自己的生命延长到不可能的程度，使我们如同亲临了60多年前的磅礴壮阔。

石碑和木头对抗了时光，那些光景在这寂静的山谷里，给我们一个不虚此行的欢乐，又有匆匆那年的惆怅。

时光行色匆匆。与桥一山之隔的山脚下，十来年前，就建起了一条很大、很平的路。路上有许多名为汽车的东西，正用桥无法想象的速度飞驰着。桥一头的路，已经被草木给抢夺回去了，鸟兽都再无忌惮地随意行走了。现在，除了我们这样极少地想从桥身上读些东西的人，还有附近已然也极少砍柴人，再也没有人迹了。

令人欣慰的是，近些年，由于自上而下对传统文化的关注，这些桥的生命又以另一种方式得到体现，在白玉溪上，搭起了一条最能体现这种营造技艺的拱桥，那些巨大的原木通过称之为"三三结构""三五结构"的架构连贯成拱，充满了张择端《清明上河图》里汴水虹桥的古意。

听说，地方上要建成几横几纵的文化旅游线路，到时，这一带已经沉寂的龙井桥、百祥桥是不是将勃发出生命的新机呢？我俯视着脚下的这块断碑，想听听它在訇然倒下的瞬间，是否有过这样的念想和期待。

不一样的寿山不一样的玉

◎ 苏　云

一

　　说到寿山，很多人知道，说到白玉，更多人知道，可要是说到寿山白玉，估计很多人就不知道了。寿山还有白玉吗？确实，身为传统"四大印章石"之一，寿山石太出名了，以至于一提起"寿山"两字，人们首先想到的就是这种玉石，其次才是它的产地，福州北郊的寿山乡。然而，很少有人知道，就在这个寿山乡以北，直线距离不足百里的地方，还有一个寿山乡，乡里也有块"白玉"。只是，这块"白玉"不是玉，而是一个村。村不产玉而名玉，据说来自一个传说。

二

　　传说在五代时，闽王海选嫔妃，选妃的标准既不是国色天香，也不是宗族背景，而是他的一个梦。在梦里，"狮山抛绣球，龙井飞彩虹，祥云罩白玉，五龙绕赤柱"。这真是一个奇怪的梦，依梦选妃，叫人如何下手？可圣旨难违，钦差大臣也只得硬着头皮，翻山越岭一路寻访了。话说这日午后，他们走进了一片林子，可走了半天，还是看不到尽头，眼看天色将晚，不禁着急起来，正巧碰到一个樵夫，于是叫来询问。樵夫告诉他们，前面有个村子叫溪柄，过了龙井桥就到了——一听"龙井"两字，钦差大臣精神一振，于是顾不得劳累，按照樵夫指点的方向立即赶去。果然，峰回路转，一座木桥突现眼前，它恰似一道彩虹，飞越于峡谷上空，再前行，爬上山岭，看到了溪柄村，晚霞中，整个村庄祥云缭绕，尤其是村后山崖，怪石嶙峋，色彩万千，如狮戏球。钦差大臣大喜过望，三步并作两步，赶下山来，不小心滑了一跤——无形中向路边一块方石行了跪拜礼。

次日，钦差大臣在村中祠堂摆下酒席，请全村没有出嫁的女子都来参加。酒吃到傍晚，人来了不少，可就是看不出什么征兆。在疑惑间，外头传来了一阵奇怪的声音，似有人在喊，"贵人到！贵人到!"钦差大臣感到奇怪，出门一看，原来是一群鸭子正沿着小巷呷呷而来——后面跟着位姑娘。钦差大臣急忙把她请进来，姑娘放了一天鸭子，肚子正饿，看见桌上放着糍粑，伸手抓来就吃——如此失相，钦差大臣很是失望，于是把她打发走了。姑娘也不介意，临走时，顺手把粘在手上的糍粑抹到柱子上，涂抹之下，留下了五条长长的痕迹——天啊！这不正是五龙绕柱吗？

这位姑娘姓陈，小名白玉，家中只有一个哥哥，名叫柄生，砍柴为生。后来，姑娘变成了娘娘，溪柄村也就改名为白玉村了。

三

传说寄托的只是人们的愿景，是真是假倒不必深究。不过，在白玉村，还真有些与之有关的"遗迹"。比如"国舅庙"和"娘娘座"。纵观现在的庙宇，大多呈两种状态，要么处处鎏金画彩，涂脂抹粉得像个娼妇，要么墙倒梁危，荒草丛生，衰败得不忍多看。可国舅庙不同，它既没"暴发"，也没"颓败"。依旧保持着旧时的模样：小小的院落，低低的土墙，上盖黑瓦，下铺青石，庙里的石阶和梁柱，全无雕饰，尽显石木本色，这里没有开关，没有电器，也见不到塑料制品，一切简朴、清静而自然。与其说是座庙宇，不如说是一处民居。唯一让人"别扭"的，是庙门不在佛殿的正面，是开在下廊的右侧边，是增加曲折的美感还是避让什么？这种有违传统的布局让它与众不同。

"国舅庙"依旧，但"娘娘座"却已难觅了。这个"娘娘座"据说就是那位钦差大臣摔了一跤而无意中跪拜的方石。因为白玉姑娘放鸭时就经常坐在上面，所以后来人们称它"娘娘座"，并在上面刻了八个大字"此位凡人不得入坐"。

四

交通的改善彻底改变了寿山，正如玉石的兴起改变了那个寿山。而这之前，寿山少人问津，无人愿往。在20世纪八九十年代，每当人事调动或工作分配时，本地人常是把一句话挂在嘴边："没靠山，去寿山。"这句半是哀叹半是自慰的话，折射的是当时寿山有货运不出、有人进不来、有劲使不上的窘况。

而今，在寿山工作，相比其他乡镇，那是幸事，除民风淳朴，工作好开展外，交通的便捷无疑是个重要的因素。以白玉村为例，离县城不过24公里，不到半个小时的路程。村外龙井桥所在区域现已开发成天星山国家森林公园，成为继白水洋、鸳鸯溪之后的屏南第三张旅游名片。曾经的落后，变成了现在的优势：以"国舅庙"为代表的古建筑，虽然普通，但贵在自然。由于新农村建设规划科学，旧村中几乎没有现代建筑，这使得成片依山而筑，错落有序的古民居得到了妥善保护。此外，借省运会之契机，把村中的一条小溪开发为皮划艇赛道，增加了健身娱乐的去处。这里没有工业污染，山清水秀，植被良好，空气新鲜，四季如春。

现在，您要是路过白玉，透过车窗，定能看到山间一条蜿蜒的白带，那就是皮划艇赛道上。赛道有两座桥，上游是历史遗留下的石拱桥——浑厚沉重；下游是新建的木拱桥——灵巧轻盈，把《清明上河图》中"虹桥"的优美姿态展露无遗。

就在两桥之间，东岸是一片绿油油的田野，西岸是白墙蓝顶的现代建筑，这可不是官家的什么楼堂馆所，而是村民自建的新居，其中不乏清新整洁的汽车旅馆和乡间别墅，随时恭候您的光临。扼守屏南"东大门"的白玉，传说依旧，万象更新，虽不是玉，却胜似白玉。

一个村庄的戏剧表情

◎ 邱　灵

　　天空一片瓦蓝，太阳高照着，竟微微有些出汗，照不到阳光的地方，又瞬间寒意袭来，不得不把外套套上。这个忽冷忽热的冬日午后，像是眼前错落挨着的黑瓦土房，曲曲走在青石板小巷里，你不知道哪一户住着人家，哪一户早已经人去楼空。

　　有的门前花草旺盛地开着，院场上毛豆、毛栗子壳晒着、洒落着，却也不见有主人进出，人语响动；有的大门紧锁，抬头可见木板嵌在石墙门楣里头，上面写着"为人民服务"，或是石墙上刻着"书田"二字，让人好一番端详；还有的大门敞开着，农具斜靠一角，多肉像变异的物种从屋檐上垂挂下来，猛然发现只有自己一人，不禁脑袋一缩掉头就走。当然，偶尔也会看到几个村民，倒是小猫、小狗先探出脑袋，主人倚着门沿，笑呵呵地看我们用手机左拍右拍。

　　在屏南寿山乡有不少这样的古村：降龙、寿山、白玉、白凌……每一个名字都凝聚灵性，每一个地名都连绵历史。虎马将军扶产解厄、彭八猪肝宴酒驱山贼、建文帝避难皇帝崆，还有耕读传家的韩氏先祖、天赋异禀的白玉姑娘……古老的传说和故事是山野中荒草掩映的古道关隘，千百年的风雨吹散了前人留下的足迹，也褪去了故事原来的色彩，只有老村依旧守着记忆，默默栖落在深山里。后来，村里的年轻人越来越少，游人却越来越多，他们不经意地到访，时不时给这里添了一把火。

这一天，寿山苏氏祠堂的戏台子又热闹了起来。伴着鼓点，一个女子身着呢大衣迈着轻盈的台步而来，步子很稳，身段也好，优美端庄地扮演正旦之姿，虽听不真切唱的是什么，却不妨碍观赏。有人说："唉，这唱的和寿宁凤阳北路戏很像嘛！"是呀，曲调旋律优美，行腔顺畅，类于北路声腔的"万调"。北路戏，原为"福建乱弹"，与屏南乱弹似乎又不完全一致，比如，以"横哨"（笛子）为主要伴奏乐器的北路戏，却并不常见在屏南乱弹中演绎。适后，又见一女子执"马鞭"上场，科介行腔飒爽刚健，若不知演的是《状元游街》，还以为是什么刀马旦呢！剧目中常有同名不同内容的，比如莆仙戏《状元游街》唱的是文曲星投胎民间的故事，眼前这出唱的却是关于董永与七仙女。

台上咿咿呀呀唱着，台下村民比游客还要热衷地看着，可没等一出唱完就被叫停了，大家四散而去。料想，这样走马观花的场面他们大概也习以为常了，但台上的艺人却没有敷衍的意思，但看后台那位弹奏三弦的老汉，闭目凝神，沉醉其中。一打听才知道，老汉叫苏孝朋，是屏南乱弹戏省级代表性传承人。屏南乱弹自清时入闽，在寿山村传到苏孝朋这里已经是第五代传人。台上唱正旦的女子，是巷口小卖部的老板娘。素日茶余饭后，大家相约在98号屋里，或是户外长廊、院子里、戏台上，吹拉弹唱，自娱自乐，可他们演绎的究竟不是民歌小调，或是曲艺杂谈，而是地地道道的乱弹戏。

乱弹，一个流传了数百年的古老剧种，就其广义而言，指昆腔以外各剧种的统称；就其狭义而言，则专指某一种声腔。清中叶，乱弹入闽，与当地民间戏曲相结合，形成"福建乱弹"。至今，屏南乱弹仍保留着乱弹声腔的原始形态，于2003年被列入省级非物质文化遗产名录。

屏南寿山初创乱弹之时，已至清道光年间。班主苏兆岁聘请闽浙赣三省乱弹名艺人，成立"三省福"乱弹班，在屏南及周边演出，演出过程中不断吸收徽调、汉调、滩簧及民间小调，形成了以西秦腔和吹腔发展起来的"平板"，并以此为基调，另一类是叠牌，旋律平易流畅，还有就是小调曲牌。演艺市场在清末进入鼎盛，足迹遍至闽东古田、寿宁、宁德、福安等地，乃至浙江、江西等省，老一辈艺人中亦不乏被聘作戏师傅传授技艺的。

　　福建乱弹在台湾也颇为盛行。据载，"台湾之剧，一曰乱弹，传自江南，故曰正音"。（连横著《台湾通史·风俗志》）至今，台湾民间还流传着一句俗语："吃肉吃三层，看戏看乱弹。"五花肥瘦相间的多层次与乱弹诸声腔的花杂之义，倒是十分"意趣相投"，这也不难看出乱弹在民间的喜闻乐见。

　　"檀板金嗓歌盛世，寿山福海庆生平。"殊不知，苏氏祠堂的对联还辉映着寿山茶兴曲盛之时的图景。清代五口通商后，寿山茶业进入鼎盛，小小村庄知名茶行就有八处，所产红茶、绿茶远销外洋。遥想当年，身居深山的寿山"货郎"，肩挑背扛行走在通往外界的茶盐古道上，这一头，乱弹的余音还萦绕耳际，货郎就要和月亮一同踏上深邃的山路，货担里满载茶叶、碖瓷、木材、红曲等农产，行路迢迢到沿海换取盐巴，这个微小而平凡的晶体，在很长的一段历史里，曾让多少人为之狂热地寻找、交易，甚至争夺，而乱弹之于寿山百姓，又何尝不是精神的盐粒？据称，抗战时期，随着战火的蔓延，人丁凋零与生存危机让乱弹的生存空间极度紧缩，戏班相继解体，曾经的鼎盛骤然覆灭，但屏南寿山的乱弹班还在，他们在硝烟里用充满乡愁的曲调，带给了寿山群众坚守的信念。

　　岁月更迭，老戏演了又演、代代承传，熟悉的乡音和祠堂的香火一同绵延，鲜活地调和着村民们朴素的日常，进而演变成一种风俗，烙印在一个宗族的史册。陈独秀先生有言，戏园者，实普天下之大学堂也；优伶者，实普天下之大教师也。寿山自古崇尚耕读文化，那一个个关于礼义廉耻、善恶美丑、人情冷暖的故事，曾在每一个节庆、农闲之时，一遍遍地唱进寿山百姓心中。

200年后的寿山乱弹，景况远不复当年。尽管数年前随着"屏南乱弹戏培训基地"、乱弹戏保护传承协会的开设成立，给一度沉寂的寿山乱弹平添了不少活力，但古老剧种的保护传承与发展，从来就是难解之题。

兴之所至，趣之为开。寿山的年轻人还在陆续地走出山外，留在村里的人们也乘着网络的翅膀远眺世界，唯有土墙上斑驳的笔记，祠堂里镇守的先祖与神龛，古道上通往故里的风……默默记取着这里曾经发生过的浓情厚义、喜笑悲欢。

普岭卧女峰

◎ 姚世英

福建屏南县寿山乡政府驻地西面，有山峰如玉女仰卧，头颈胸足趾，清晰可辨，人称"睡美人"。《屏南县志》称之卧女峰。晴天，落霞给睡美人披上撩人轻纱；雨天则仙雾迷蒙，不见巫山神女。立于寿山学校校园远望卧女峰，它总是向我透着古远而神秘的气息，总希望到此一游，一睹芳容……

4月（2021年），我终于有机会一睹卧女真容。这天下午，普岭村村主任与七个村民陪同乡党委新云副书记攀爬卧女峰时，我有幸一同前往。车子到达普岭村，映入眼帘的是稻田油绿，花木成荫，村头有村民正兴建民房。

普岭村，当初由阮姓一族从周宁阮家洞迁来，先安家猴洋村，再则寿山村，最后才把村落安在卧女峰山脚下。村民对祖先的远见引以为豪，大赞普岭风水好，一再说"普岭的水比矿泉水还清，村里没人得过癌症"，"普岭满山野花飘香，野果甜润"。从他们的话语，我深切感受到普岭村村民对村庄有着发自内心的热爱。

村民们说一定要带我们爬上卧女峰去看野白茶、野草莓、野荔枝、野樱桃……

阳光透过云层夹带蒙蒙细雨，路边紫杜娟招摇春色，野樱桃花不甘示弱。野草莓枝条张开倒刺，花瓣已落，正在孕育幼果，而野猕猴桃，一簇簇花蕾，已散发出令人垂涎的诱惑。谈起野果，我注意到一种红色小圆果，味道酸甜可口，土话叫"拿奴"。说到野花，不能不提及一种奇异的花，几片嫩绿叶子披垂，从玉茎伸出花苞，成双成对，似在风中悄悄耳语，村长给它取名"情人花"。途中小憩时，见一棵树枝干如伞，绿荫披覆，村民称之为"莲盆树"。村民介绍说，这里本来有一条通往建瓯的古道，路口曾经有过客栈。如今，只见满目荒草。屏南的古道，总能让人追溯历史和说不尽的沧桑故事。

山泉从岩壁流泻，宛若玉女的清音回响耳畔。山顶巨岩，是玉女微仰的头颅。在玉女脑后，有偌大的蝙蝠洞。洞有三层，一层比一层幽深，景致奇绝。岩洞入口，或尖三角状，或菱形状，或方形状。另有一线天，其透出的光线，阴冷、诡异、奇丽。洞口外被野果树、杜鹃花枝遮掩，犹如天然盆景，倍添韵致。而惊心动魄的景观却是在极隐秘的内洞。从一个三角形洞口背侧身子往下钻，里面是冰冷的钟乳石岩洞，顶上嵌有一块巨岩，光线分别从几个漏洞透进来，仿佛北斗七星闪烁于夜空。再往下走，便是蝙蝠隐秘的栖居所。岩壁有一大块冰凌结成的鳞甲，闪着神奇的金光，人称"龙鳞"。黑暗冰冷的岩壁上倒挂一只只蝙蝠，它们被惊扰后，在手电筒光亮中飞舞，划出无数道美丽的弧线。岩洞里散射的七彩之光，使我产生了一种只身冒昧闯入远古静谧境界的幻觉。

蝙蝠洞周边，奇花异石，古树倚壁，蔓草横生。卧女仰起的头颅，正对一块岩石，恰如梳妆镜。转过山崖，枝叶间见一巨岩挺立，别有一番景致。初看像浣熊，再细看，头上绿树如冠，草如鬃毛，在脖颈间随风起伏。造化天工本来听凭天马行空的想象。当爬到卧女"胸部"后，我才真正体会到"海阔天空""天人合一"的含义。卧女胸部是巉岩峭壁，青苔爬满崖壁，巨岩悬空，恰似卧女嘴里含着一颗松动的乳牙，竟让我们走得胆战心惊。一尊狮子头岩石，悬于峭壁之上，底下的身子与头之间，不知根据什么力学原理予以支撑，千万年来，始终没有滚落下去。这雄狮仰面呐喊，令群山臣服。当我坐在狮子身上，感觉人格外渺小。我们找了一处较平坦的岩石歇息，只见前面有一金龟石，其伸出的头和露出的尾，都惟妙惟肖。站在岩石上面，清风飒飒，青山连绵，巍峨辽阔的寿山尽收眼底。

夕阳西下，我们已来不及触摸玉女的脚趾，不免怅然若失。此时，山脚下早已煮好面条，虽是家常便饭，却蕴含着普岭村民的淳朴与真情。一回到村里，村主任便请我去看溪里的风水石头。桥下有一只石龟，溪头有一只石螃蟹。他说："桥头原先有一棵几百岁的柳杉，可惜后来被砍了。"桥边有座黑瓦土房，村主任带我看了里面的宝贝，有古老的榨茶油工具，茶饼、木槽、石磨等。这种压榨茶油的传统古法，如今不知是否还有传人。

看着这位朴实能干的村主任，我突然想到风景之美在于人心与感情。如果没有村庄世世代代凝聚的力量以及艰苦奋斗的精神，没有朴实的民风，没有与大自然的默契和关爱，卧女峰也只是一处古老的原生态风景而已。

雕琢白玉

◎ 张品曲

如果把白玉村比作一块白玉，那么，这块经过多年雕琢的白玉现已拥有了它自己的特质：温润、美丽、使人难忘、让人喜爱。

驾车由宁屏线往屏南行驶，进入屏南地界的第一个村庄即是白玉村，为此它被称为屏南的东大门。从公路上向左偶瞥一眼，白墙灰瓦的别墅群，在群山环抱和翠绿林木掩映中格外惹眼，很难相信这是一个偏远村庄的建筑。于是许多人会不禁瞪大眼睛问，这是屏南吗？对于这样的发问，方圆百里且年纪稍长的人应该是理解的。长期以来，在人们印象中，屏南是"又贫又难"，更何况白玉村又是该县寿山乡最偏僻的山村。印象与现实反差强烈时，人们往往怀疑现实。但他们却不知道，现在的白玉村已经从丑小鸭变成了白天鹅。

但让我们惊鸿一瞥的是后来新建的白玉村，那是2010年启动建设的有45幢住宅新村项目。而真正承载着白玉村历史的是位于新村左上边的旧村落。旧村临溪而建，似吊脚楼一般，远看与其下游被水库淹没的古瀛洲古村建筑一脉相承，或许它们之间有着某种内在的联系。白玉村的来历，传说可上溯到2000多年前的闽越时代。闽王派人四处遴选王后，到了山高林密的白玉溪畔，遇着一个荆钗布服、美丽热情的姑娘，正符合占卦预言"祥云罩白玉，五龙绕厝柱"的条

163

件，这位姑娘遂成为王后。而姑娘名白玉，白玉村名由此而来。传说虽虚无缥缈，但却不失令人遐想的空间。但如果说白玉村具有2000年历史，恐过于夸张，观其旧厝，大约可追溯到明清时期。旧厝均为土墙柴门，长条形排列于白玉溪西岸边上。古时候，这里十分偏远，交通闭塞，无其他古村庄那样有底蕴深厚的古建筑，也没有悬挂着"文魁""状元"和"进士及第"之类牌匾的大厝可以炫耀，但该村祖先既选择在此兴基立业，自有其道理。

白玉沉沉地埋于深山无人相识。漫漫岁月里，谁可曾思考过它的价值、它的将来？兴许没有。难道这块深山璞玉就这样一直沉睡下去么？不！有道是"三十年河东，四十年河西"，或许是因特殊的地理环境吧，穿村而过的白玉溪，正切合建造皮划艇激流回旋赛道的要求，于是福建省第十六届运动会皮划艇激流回旋项目赛道皮划艇训练基地就选定在这里。白玉村终于迎来了千载难逢的机遇。这样一个机遇使白玉村脱胎换骨。且看：流经村里500多米的白玉溪被拦腰筑坝，建起了调节水流的水库，溪水积蓄，水面升高，波光粼粼，白玉村现"高峡平湖"景观，顿时丰满起来了，1里多的河道，疏浚齐整，两岸以原石堆砌，上建花岗石护栏，坚固美观。河道上还有3座桥。上游的厝桥，是旧村历史的见证，于桥上行走、乘凉，仿佛还可听得见白玉村久远历史的回音。因赛道而兴建的两座拱桥，中游一座为木拱桥，方便行人通行；下游一座木拱廊桥，犹如白玉溪这条巨绳上的一个结，不仅牢牢兜住整个村的风物气象，也使传统木拱廊桥技艺的精髓在这里展示。三桥横跨于皮划艇赛道上，似三道彩虹遗落于此，光彩夺目。河道呈梯级布局顺流而下，可以想象，上游水库放水后，众多皮划艇箭一般冲下河道，在群山的衬托下，如飞梭、游鱼一样轻快，在运动员的操纵下劈波斩浪，急流勇进，上演一场场水上的"速度与激情"，那景象是多么热闹与壮观！而河道景观，把这里的一切都串联了起来，溪边上建起了广场和活动中心，掩映于参天的松柏古木之中；西南面建起了可以容纳几百人食宿的运动员新村，清新、整洁、舒适；经过修整一新的"白玉会堂"，为村民聚集活动提供了便利条件；最具特色的是像皮划艇一般呈长方形的村图书馆，明亮宽敞。这些闽东现有村落中少有的文化设施，许多参观者羡慕不已。

记得法国著名作家雨果说过："如果没有人欣赏，那么乌鸦的歌声也就和云雀一样……多少事情因为遇到有利的环境，才能达到尽善的境界，博得一声恰当的赞赏。"白玉村的华丽蜕变，已拥有了被赞赏的资格。如今的白玉村，已被列入福建省乡村振兴建设示范点村，正朝着建设文化旅游村方向发展。白玉村与天星山国家森林公园和罗经山旅游景区相邻，周边有寿山茶盐古道风光、降龙村传统古建筑、黄酒酿造，有丰富的当地特产油茶、毛竹、食用菌、蔬菜、茶叶、畜牧业等特色产业，还有地方特色的戏曲等士，具备打造文化旅游村的坚实基础。目前已有宁德市"作家协会创作基地""美术家协会创作基地""摄影家创作基地"等文化项目在此落地。而根据在此任乡村振兴指导员的书法家李鹏松先生介绍，将来这里还要引进具有实力的团队，整体规划，打造集运动、训练、体验、休闲、创意、康养、度假于一体的休闲度假旅游基地。可以说白玉村梧桐树已长成，只等凤凰来了。相信白玉村这块白玉，经白玉人和有识之士不断地雕琢打磨，将来一定会大放光彩。

宁静的寿山村

◎ 陈守溢

　　宁静是寿山村留给我的第一印象。除了读书声，别无它声，哪怕是狗叫声也听不到。也许是因为之前我从未到过寿山，有些许不习惯。但我总觉得，这不是真实的寿山。

　　寿山是我祖母的出生地，没有寿山，也就没有我祖母，自然也就不可能有我。但寿山对于我，又是一个遥远的地方，出生至今 30 多年了，却一直没有去过。有好几次，曾与朋友相约，要去寿山走走，但又因种种原因改变了行程。寿山——这个离县城仅 32 公里的小乡村，一再与我无缘。

　　但寿山毕竟与我有着诸多牵连，我的舅公、舅母长期住在寿山。我总觉得，与寿山会有谋面的一天。但我不曾想到，第一次走进寿山，坐的竟是到寿山小学办展的车，也没有亲人陪同。在寿山逗留不到半天的时间，就匆匆地离开了。

　　小时候，曾听人说，寿山是个极度贫穷的地方。当时还小，毫无阅历，想象不出那时寿山的样子。后来长大了，走过了许多乡村，对乡村基本面貌也有所了解，脑中的寿山也逐渐有了轮廓。乡村，大体相同，土墙黑瓦，用青石铺就的村弄，最多也就是在地形上有所不同而已。寿山，也大概如此，不像大都市，五光十色，各有各的精彩。

到寿山，须经漈头、过上培、降龙、白玉等乡村。这一路，山清水秀，风光极好，家人给我描述的险山恶水的景象已不复存在。因为是第一次去寿山，我坐在卡车上有些激动，又有些期盼，寿山毕竟与我有着种种割不断的联系。这路，让我感受不到行路者的艰辛，让我觉得寿山人未来的日子有了盼头。

大概过了有半个小时，卡车驶进了寿山村。一条水泥长坡，直通学校，听同行的人说，为了便于学生行走，才将这条坡倒上水泥。学校建在高处，从校门口往外望，整个寿山一览无余地呈现在眼前。

寿山不大，形状像个圆，村子就在圆的里面。我又见到了土墙与黑瓦，又见到了那二层土木结构的老房子。人的眼睛时常会遮蔽真相，有人告诉我，这些老房子是一种象征，是对农耕文明的坚守。书上又说，古代的中国在这年复一年的重复、承袭过程中落伍了。也许，乡村就是在这矛盾与挣扎中走到了今天。而我，望着寿山村的这些破落的老房子，内心又有一种无以言表的纠结，既为能看到这么多土里土气的老房子感到赏心悦目，同时又为它的落后感到心酸。当时的我，伴着矛盾与纠结，一路走，一路看。

寿山给人一种格外宁静的感觉，虽说已是早上 10 点，但似乎听不到多少嘈杂声，只有隐约的读书声飘荡在村子的上空。我沿着校门口的那条长坡漫无目的地往下走，左拐右转地走进了一条小巷里。说来也怪，这巷道中竟然不见有人，连条狗都没见着，连个问路的人都难找。不明白，村子怎么会如此安静？

据说，从前的乡村是一派人满为患的繁荣景象。可如今的寿山，却几乎是鸦雀无声。青年人外出务工，小孩上课，老人晒太阳，这些我都知道。但我依旧觉得寿山古巷静得出奇。寿山古巷，安静得让人有些恐慌。也许，随着时光的流逝，寿山将会越来越安静。到那时，还会有人想起寿山这个偏远的村子吗？正如那些远走他乡的寿山人，是否还愿意再回来，反哺生他养他的寿山？长在地上的是草，长在心里的才叫根。草，随风飘荡；根，永不动摇。有根的人，无论走多远心里永远都装着故乡。但我却不知，有根的寿山人如今落脚何处。

我沿着小巷一路往前走，终于看到了人。阳光下，三五老人坐在石凳上晒太阳；店铺里，几个牌友，围着桌子，一较高下。老人的低头不语，是静；牌友的低声交流，也是静。寿山，就沉寂在这宁静之中。我想起了那句老话——宁静而致远。但寿山，却似乎也太过于安静了。巷道中的人少，车更少。我的到来，不知是否惊扰了寿山村的宁静。

寿山的宁静，令我意外；或许，静，一直就是它的底色？但我似乎觉得寿山应该多一些声响，在静与动之间向前。

果然，近年来寿山党委政府立足悠久文化历史，以"发挥绿色生态优势，打造美丽清新寿山"为引擎，倾力打造生态旅游、摄影基地、休闲基地、康养基地等，寿山这个以静闻名的偏远小乡镇，开始有了不一样的响动了。

一口知福

◎ 禾 知

从寿山归来，最念念不忘的当属那里的美食了。米烧兔、肠中肠……连着吃了两天四餐，仍是意犹未尽，恨不能多待一段时日，直到心满意足。因着这口美食，寿山的人、情、物在脑海中一遍遍地翻腾闪现。也幸好有这点留白，拉长了我对寿山的惦念与牵挂。

回了市内，忍不住买了店里的米烧兔吃，总觉得不对味。细究起来，大约是食材的问题。记得汪曾祺老先生谈及昆明的汽锅鸡时说，汽锅鸡必须用武定壮鸡才能吃出那个味，其他品种做出来皆索然无味。《食经》曰："人性下愚，虽孔、孟教之，无益也；物性不良，虽易牙烹之，亦无味也。"可见食材的重要性。

寿山的米烧兔用的是当地养殖的纯种食草黑兔，宰杀后摊开放置于铁锅内的竹架上，锅的底部放大米，盖紧锅盖后，用土灶小火烘至半干，经烟熏火燎后，米的焦香渐渐渗入兔肉之中，形成独特的味道。烘烤好的兔肉色泽褐红油亮，肉质细嫩，表皮香脆有韧性。熏烤好的米烧兔切成块状，用葱白、糟姜丝、干辣椒等煸香，入兔肉和魔芋条爆炒，再加入自酿的黄酒翻炒片刻，香味渐转浓郁，起锅入盘。肠中肠则是细工慢活，小肠一层套一层，被特殊工艺处理后，与多种中草药一起熬制。咬一口，十几层小肠瞬间在唇齿间层层绽开，脆中带韧，汤色棕亮兼有药香，美味可口。

这两种美食不仅仅满足口腹之欲，它们还兼具了药膳的功能，米烧兔可开胃健脾，祛湿活络；肠中肠降火开胃、消除疲劳。这就不得不提及屏南地区的药膳了。在央视播出的美食纪录片《舌尖上的中国》第三季中，《屏南乡间草药》播出时长达 8 分钟，吸引了众多观众。中药与食物的神奇结合，滋养了古道挑夫们的健康体魄，让他们能够挑着百来斤的担子在崇山峻岭中来往穿梭，在茶盐古道上艰苦跋涉。风尘仆仆回家后，最能安慰饥饿肚肠与疲惫心魂的，也是这么一桌子热腾腾的饭菜，喝着老黄酒，慢慢咀嚼着，身体暖了，心也定了，一饮一食抚慰了一路的风霜苦楚，所有的辛劳委屈说出来便轻描淡写了，只剩下眼前妻儿脸上欢快的笑容，家人团聚的欢喜。

好的食物是能治愈身心的。平淡日子里，香气氤氲的食物总给我们带来别样的惊喜，无关功利，单纯因为食物本身，以及共享美食的人。我们中国人一说起会吃、能吃的人，就说此人有"口福"。什么是口福？不仅仅是果腹之意，还能享受到各种美味佳肴，能感受到食物带来的满足，这种满足是由内而外的，是心口欢愉的双重满足。这份口福，是源自大自然无私的馈赠，是祖祖辈辈长期摸索积累的经验，是民间智慧的闪现与凝结，它浸润滋养过辛苦劳作的躯体，安慰过痛苦中挣扎的人们，也充当过家人团聚欢声笑语的点缀。

翻开史书，我们从纷繁错杂的历史事件与波澜壮阔的历史进程中，隐约看到一条关于食物的线索，历经千年未曾断绝，战火硝烟、阴谋诡计都与它无关，它只安静地潜伏在历史的角落里，静默无声却又让人无法忽略。《周礼》《仪礼》《礼记》中有众多篇章介绍夏商周的饭食、酒浆、膳羞、饮食器皿、饮食礼俗和习俗；虞悰的《食珍录》收录了魏晋以来帝王名门家族珍贵的烹饪名物，各种肴馔的烹饪原料与烹制方法以及某些食疗方的介绍；到隋唐五代出现更多专门记录饮食的著作，如《烧尾宴食单》《食经》《食谱》《膳夫录》等；

宋代有专门介绍素食的《山家清供》，女性厨师专著的《吴氏中馈录》，分门别类的《橘谱》《禽经》《笋谱》《蟹谱》《菌谱》等；元代有贾铭论饮食养生之道的《饮食须知》，太医忽思慧所著的古代营养学《饮膳正要》；明清饮食著作更是蔚为大观，《多能鄙事》《随园食单》《调鼎集》《闲情偶寄》《醒园录》……

"醉饱高眠真事业，此生有味在三余。"苏东坡于人生困顿之时，仍在长吟"日啖荔枝三百颗，不辞长作岭南人""长江绕郭知鱼美，好竹连山觉笋香"……唯有美食，不曾辜负这位伟大诗人。对中国人来说，善吃、能吃是一种福气。见面打招呼，一般都是"吃了吗"，聊起吃的内容，更是滔滔不绝。现在流行的短视频中，很多美食博主靠着吃来吸引眼球。《舌尖上的中国》以全国各地的美食生态来呈现中国人的日常饮食流变、千差万别的饮食习惯和独特的味觉审美，以及饮食文化中所蕴含的生活价值观，引发了国人共同的美食情愫和审美趣味。

人间有味是清欢。不管是粗茶淡饭还是食精脍细，一日三餐，让平凡生活拥有了仪式感。那一口口的食物中，藏着最真实的烟火人间，也藏着最朴实的生活态度，吃好喝好是福气。

诗 歌

茶盐古道

◎ 叶玉琳

1

静静地仰望那一砖一瓦

想和粗布麻衣的闽越人

说一说八音嗽语

再学一出乱弹戏

那不变的口音

让你在茶叶和红曲的清香中

兴奋又迷茫

木拱廊桥处处有玄机

比如彩衣侠客暗藏在藻井

明月倒悬,马蹄声声

故乡的人,异乡的事

选择在返青的隘口重逢

任凭溪河冲刷,舟楫横亘

也始终走不出这隔代的山水

2

请不要责备

古道不全，长亭已朽

残缺的美丽让人心生爱怜

而今故乡静谧，天窗半开

但谁能说清

当年就在这里

驱逐了多么沉重的炮火

多少风云人物在此聚散

红枫似火环绕红色交通线

像泥土一样朴素的砭窑

淬炼了多少沧桑故事

远处，是时间清洗过的金钟渡

再做一回挑夫又何妨

让脚步舍马放飞

让记忆重新苏醒

不管外面的世界多么缤纷

你只要幽深的古道流水

涤荡了内心浮华

保留原始的肌理和葱绿

把你的思绪吹进春天

◎ 刘伟雄

白玉村

白玉村就是一座大舞台

依山而筑的民居

似乎都在听从一棵树

一棵香樟树的指挥

无声的音响回旋耳际

澎湃如潮涌

记录音符的满山叶子

由绿变黄又变红

旋律凝固在时间深处

琥珀一样镂刻着水影

如泣如诉，如歌远去

一座乡村的新与旧

一片花香里的痛与爱

它在慵懒中缓慢地深呼吸

吐纳出绿水青山白云悠悠

寿山，偶遇一堆火焰

这火　孤零零燃烧着

与周围的田垄如此不协调

没有人附和也没有人添薪

火苗把阴郁的冬天舔出一个窟窿

似乎是要去云层外面找回太阳

古老的牌坊和屋檐

烘烤之下　黝黑的边沿

釉质的光芒　仿佛青春时光

在这座山和那座山之间重逢

田垦上的萝卜比牙齿洁白许多

火焰之外　冷静的时空里

谁在大声发言　谁比鸟儿还要深入

抵达了火要表达的词义

它呼啦啦的节奏分明是灿烂的问候

为你打开了寂静山村　它如火一般的血性

白凌梯田

层层叠叠　蜿蜒细密

很容易让人想起皱纹

想起农民那张沧桑的老脸

投映在这块土地上

大自然要以这种方式纪念着

劳动与创造交叠的幸福

耕耘与收获包含的深义

如果你从更高的远处观望

它就是一张岁月遗存的唱片

从华彩的序曲到如歌的行板

每一个皱褶里的旋律

回荡着白凌村的前世和今生

白云在飘　稻花在开

流水的山涧　鸟语的芽尖

随便吹过的一阵风

都会把你的思绪吹进春天

寿山乡三题

◎ 周宗飞

白玉村写意

天空蔚蓝、空气新鲜、山谷翠绿
百来座清一色蓝瓦白墙的民居
横卧在溪流和田野的边上
像一只巨大的、正在啃食桑叶的蚕
缓缓吐出丝绸般的溪流
吐出省运会皮筏艇赛事基地
编织成远近闻名的体育旅游休闲胜地

行走在白玉村干净整洁的村道岸堤
看党旗招展、干群忙碌
我不禁想起一款同名的牙膏
想起那些破败落寞、振兴无门的乡村
完全可以用它洗去污垢和秽气
这样，也可以让闽东多出一点点的美丽

让福建和中国多出一点点的精气神

在普岭村观日落

在普岭村观日落
跟在市区不一样
市区有雾霾粉尘
有钢筋水泥切割阳光
海拔也没有 900 多米
更没有两条清澈山溪环抱
夕阳落了，天就黑了
这里的夕阳落下去很久
那些散落晚风中的金子
依然会被普岭溪和阿婆溪
捧在手里，融进水中
进补一样让人慢慢享用
仿佛那些德高望重的人
离开了尘世
名声还会滑行一阵子

在公鸡寨

起先需要仰望的白云山峦
此刻都纷纷仰望我
爬到海拔千余米的公鸡寨
仿佛一伸手就能摘到太阳

一跺脚就能地动山摇
让一位长期卑微、壮志难酬的人
总算可以像报晓的公鸡
心无旁骛地在天地间
阿Q一回，找回王的感觉

在白玉

◎ 何　钊

石联

它们在风中已经很久
曾经在村头浣纱的女子
挤满了邮差的驿站
和这段残垣一起
早就随着扁舟远去
但它们还在

磐石在风中凋零
那些模糊的字迹
被一代又一代后人抚摩过
还依稀可辨
它们告诉我，这个世界里
总有什么会永恒

乡村振兴

脚下的石路如此圆润
仿佛硕大的珍珠
莹莹地闪着微光
在这个深秋的下午

每一朵花
都有绽放芬芳的梦想
每一片叶子都要朝向阳光
即使在深山的峡谷
都有春风，春雨，辛勤的蜜蜂

乡村振兴，这棵共同富裕的大树
只要有根须在默默地伸展
每一颗叶片上的露珠
都会发出耀眼的光芒

白 玉

莹白的是玉
纤纤的是女子

温润的是玉
谦谦的是君子

那个含着白玉的
它是一个温暖的村子

在寿山乡看见跳跃的时光

◎ 王祥康

乡村振兴指导员

上天派来一只蜜蜂

带路　沿着斑驳的土墙

七拐八弯　经过河床

搬开石头见到水

经过古道　看见

青苔上跳跃的时光被点燃

一棵热血沸腾的枫树

正在向上发力

阳光下　一群文人沿着叶脉

抵达甜甜的家乡

白玉村

河床被修整

少了野性　多出矜持
我说的是原先的水
把时间滴穿就看见未来
这是一块璞玉
继续打磨　越来越亮

一座桥又一座桥
想拦住诗人的脚步
奔跑过来的风　停在
一幢幢整齐的新房前
轻轻叩门
今晚能借宿吗
我想在这里重新打开一个梦

白凌梯田

彭氏祖先高高举起的锄头
落在今天的夕阳下
元朝的汗水还在散发着
淡淡的香　一层一层
一梯一梯向上的力
还没有用尽
收割后的泥土重现记忆
稻谷回到前生
龙首枕在云里
八百米高山　土地的养分
被阳光紧紧捂住

半山腰的古村落
炊烟又在缓缓升起
降龙村的屋檐

天上的龙降在这里
这里就生长出许多的谜
厚厚的泥土下
沉睡的历史正在苏醒
灰瓦上　青苔苍翠
是又一份土壤或者阶梯
通过一片又一片阳光
到达翘角的檐
我认定，千年前的梦
已有飞翔的姿势

鸡公寨

鸣叫时　天就开始亮了
我迟到了八个小时
终于还是攀上它的翅膀
这么坚硬的石头
为什么有如此柔软的爱
周遭山峰矮了下去
对面的鸡母寨还在云里
我听见它在叫唤
"天亮了，天亮了
醒一醒，醒一醒"

四十二位烈士用鲜血
浇灌出山下大片的竹林
蓬勃的竹一节一节向上
一节比一节青翠
一节比一节清醒

茶盐古道

扁担必须横着挑
一头是汗水　一头是叹息
曲曲折折的山岭
因为一声号子热闹起来
窄窄的街向上弯去
扁担的方向必须重新调整
许多探头探脑的店
在清晨开门大吉
甜的是茶　咸的是盐
土墙上深深浅浅的划痕
捂住来来往往的身影
高山的风翻开飘忽的云
露出一段人生
如今　呼吸着新鲜的空气
斜靠门口的那根扁担
长成了茂盛的故事

在前墩村遇见

一棵红豆杉站在村头
以老者的姿势　俯身看我
"晚辈，晚辈，终于来了"
遥远的声音从天而降
我看见落在泥上的一片叶
又回到树上　认祖归宗
从树梢到树根　我反复数数
当数到 641 年时
我想跪下来　先祖啊
您庇护了这个山村的生灵
从今往后　也请庇护
我这匆匆的过客

寿山三章

◎ 石　城

尘埃深处的溪柄

尘埃早已落定。现在这里
是一片果园，很大。到了秋后，空气澄明
一个个脐橙圆圆的，又大又甜
这地方，当初叫溪柄，是个山高皇帝远的村子
有故事说，那时，一个养鸭母的丑姑娘
从浴室出来，香气袅袅，转眼
变成了楚楚动人的皇后，人称鸭母娘娘
今天，看看这些人，一刻也不忍闲着
不是空着手在荒坡上走来走去，就是
突然抓住一个橙子嗅个不停。答案有两个
要么听见了万千鸭母的吱嘎吱嘎声，要么
意外窥见了皇后的脸，左脸或右脸
也许还伴随着弱弱的鼻息，一对扑闪扑闪的
眼眸，和冷不丁的一个喷嚏

降龙，一朵明朝的云

从此刻起，我愿意相信那朵肮脏的云
是来自明朝的了。云朵下面
那个事后改名降龙的山村，据说就是
落魄皇帝朱允炆的最后栖身地。传闻
他就像一只虫子一样死在后山的一个岩洞里
棺材就埋在山脚的一棵老树底下
就是后来韩氏先民盖祠堂的地方。如今
远远看，山上一片树林无比辽阔，无比空寂
走进村里，人们也都一脸茫然。不是不说
是他们真的不知道事情的来龙去脉
你可以想象自己就是事件的亲历者
但却无法弄清，当初是人群中的哪位
此后又几世为人几世为牛马

到了前垅，必须抓住自己

到了前垅，最令人神往的是
回到古老的故事中做一个
会开口说话的哑王
在这荒山野地独自造一次不成功的反
脑袋不要了，也要向京城连射三箭
唧！唧唧！给梦中的糊涂天子
一个至死摸不着头脑的经典错愕
到了前垅，那一片浩瀚的原始森林

就会像潮水一般从远古覆盖过来

把风挡在山外，把太阳遮在云头

滴滴答答的雨水也都落不到身上

是啊，到了前垅就是到了另一个世界

光线会突然变薄，屋子会迅速变老

满地的荒草纠结着亘古的离乱

只有一条小溪独自哗啦哗啦

在这里，你必须时时担心

时时抓住自己，拧一把或掐一下

才不会在某一次时光倒流中

变成鸡角寨上的一块石头

或茶盐古道边的一棵朽木

寿山乡记行

◎ 双 又

降龙村古商业街

我向来对霉味情有独钟。在阳光
照不到的角落，创造了如此堂皇的宅院
它似乎悖逆了天地之道
你无论多么富有想象力，也难以
说服自己，宽度与形态等于一节羊肠
在传说中店幡层叠，商旅往来如织
然而在霉味中我闻到了阳光的味道
让我相信阳光或许只是随人迁移了
另一种可能是人心自有阳光
即便在阴湿如当前的境遇
也始终如窄巷翘起两端
把高处的茶商盐客引进来
低处的生活因此被抬高
通风，早晚遇见阳光

茶盐古道街名牌坊

高度是后来者搭建的。他们的腰身
压得比我们更低，几近于匍匐
这样才闻得到庄稼从泥土里透出的呼吸
我以仰望的视角拍下了牌坊上的街名
但保持散漫的姿势。往前行走时
不小心被路面绊了一个趔趄
路面也为后来者所建，仿古色调
平坦温柔如绸缎。倒是那两个铜人
哈着腰守在路口，视每一位行人
为赐予者，真诚地表示感恩

白玉村名探源

和我一样，你的第一眼
当然先被溪流俘虏
关于白玉的想象
是心无杂念的水
在溪滩上任性漫游
在微小的收缩与跳跃中
欢快惊呼
像一朵朵玲珑的小花
或一颗颗晶亮的珍珠
它们从不在乎传说
也从不制造传说

偶尔回一回头，望一眼
一个村庄紧贴于半山的历史
久远，迷茫，与倚窗远眺的红衣女子
眼神略有些相似

白凌梯田

如果早两个月来，我会看到进入收割期的水稻
给这片陡峭的山地铺设满目黄金
在海拔千米的宿命里
此际因仲冬季节和阴冷天气
恍惚回归最初的清寂
但梯田始终在，也不会消失
我认识的田坎具有铁器的品质
向粮食做出过坚定的承诺

普岭村

我们合影吧，此处甚好
前世和今生同框
穿过村庄时留下一声叹息
像隐约的跫音沿时光古道逶迤而去
辗转间消逝于山的屏障
被遗弃的只是一道石门残骨
算上门后宽宏的废园
也并无意标识堆金砌玉的历史
溪从山谷中来，弱水一握

在长草的掩盖中悄然低行
我恰好同期到达村头
晚霞正艳，一泓清碧之上
仿古廊桥张开的檐角
飞向广远的山口

前垅村

走到这里一定要停一停，找家客栈住下来
再往前就是他乡了
你认识的人家大多姓韩
乡音仍浓，乐意端出最醇的家酿
和最灿烂的笑容。
喝几杯吧，不可酩酊大醉
但微醺是必要的
再往前就是他乡了
谁这时抬起眼
让你望见几分说不尽的迷离

时间的悬念

◎ 白　鹭

寿山"茶盐古道"

"路是人走出来的"。一条被后人
赞誉为"茶盐古道"的路
最初并没有路，或者
只是荒山野岭，山民们一步一个脚印
将没路的地方踩出一段羊肠小道
他们风来雨往，肩挑或手提
将自家的茶叶、笋干、果蔬和粮食
运到山外去，换回盐巴、鱼蟹等海货
供养穷困潦倒的生活

千年的时光里，他们用粗大的脚板
踏过古老的年月，丈量着自己的一生
沿途时有峭崖绝壁，峰回路转
风光险胜，但他们无暇顾及

后来有人在路上，修建了廊桥，路亭
供人歇脚和休憩，经过的村寨
营造了客栈、商铺、饭店、酒肆、药房、银行
南来北往的商贾，安下心来在此营生

在寿山村，从前的建筑群落古朴庄重
即使再大的风雨仍保持沉稳
繁华彰显旧日的气派
岁月如歌，我也来此打卡
遗存的"茶盐古道"就在这里伸展
见与不见，它都接续历史的宿命

八音嗽

一种现在连当地人都难于说清
和听懂的语言，类似于方外隐秘之语
据说，它是戚继光部队发明
用于抗倭的秘密暗号

若不是老乡介绍，我还以为
"八音嗽"是一种音乐的称谓
我知道，"金石土革丝竹匏木"
是八种材料制作而成的乐器
吹奏出天上人间美妙绝伦的神韵

"八音嗽"是一种暗语，神秘一如天书
像现代战争中秘密战线使用的密码

经过特殊语音加密技术处理

专用于军事情报传递，古人的智慧

可见一斑，任谁也难以破译

时间的悬念

世间最值得信赖的事物莫过于石头

它从不开口说话

只替人造路、修桥和筑屋

始终保持低调甚至沉默

铺在路上任人践踏

镌刻成像供人崇拜

我也曾在圣殿里遇见过它

在公鸡寨一千多米的海拔上

将一粒石子玩弄在手掌之中

那日在降龙，一处老宅墙头

亲眼目睹一块石头摇摇欲坠

却始终没有坠落下来的样子

像时间的一个悬念

印象寿山

蛋茶迎宾，肉酒待客

质朴的竹笋、山菇、土豆饼和魔芋粉

肠中肠与鸡汤，味道鲜美

来自山里人心灵手巧的烹制手艺

知足、常乐，是乡民们的写照
像山地上的花草树木
遇风乐于舞蹈，遇雨泪流满面
感恩一方山水的淳厚与朴实
感动时节的更替带来的机遇

山里常年有云雾，如纱如幕，似梦似幻
山水清明，空气清新，令人迷醉而忘返

白玉之夜

白溪积蓄力量
从白玉村穿过时并不停留
它要往东去，霍童有众多的水系
在等着它，一同奔向大海
它曾助推过一艘皮划艇登上领奖台
也曾让一位少年圆了冠军梦

这是初冬的一个夜晚
山风微凉，但并不寒冷
在白玉书屋前广场，我斜倚石栏
独自眺望一轮明月时隐时现
月色朦胧，虫鸣唧唧，万物沉下心来

万籁俱寂，唯有白溪行色匆匆
送走一拨水，又接续一拨水
前仆后继追赶着一个崭新的时代

白凌梯田

从一本画册上我发现她的美
金黄，绚丽，光彩照人
那是白凌梯田，金黄的稻谷如波浪
登上一梯一田向山顶汹涌而上
层层叠叠的稻田错落有致
画面鲜活，气势恢宏
一幅秋收在望的景象

眼前是秋收后的田地
种植着地瓜、土豆、菠菜和萝卜
它们依照遗传学各自生长
水田排除了水仍叫水田
杂乱无章的草从四面八方涌来
大地繁华与没落在时序里转换
大地的生死应合古老的秩序

只有那些石头如同某种神器
为天地所赐，散落田间
并让泥土有了依靠。如今
白凌村是网红点，也是打卡地
茶盐古道曾经喧闹地穿过村庄
却寂寞地掩映在青黄不接的时令中

她有着一股简洁的力量

◎ 蓝　雨

遥望茗园村

站在白凌村襄溪亭的廊道上
遥望对面山的缓坡
一座以茶叶命名的村庄
阒寂空旷，仿佛站在世界的另一侧
尘世是如此的安静

我试图去接近
试图用一段时光去唤醒另一段时光
村口的大石槽
村中依旧伫立着的精致古建筑
漫山的茶园依旧飘香

安静太久了，我们可以借助风
借助茶盐古道上的挑夫

在大自然中品饮"天山绿芽"贡茶
她的平静，外面的世界干扰不了
明亮而缓慢，便是茗园的底色

光

在降龙村，古道的转角
我们遇到一束光
光在移动，带着暖意
她正慢慢地穿过石阶，土墙，灰瓦
从老屋墙角发芽的土豆上穿过
光跟随着我们的脚步
从远古的商铺开始，慢慢踱步
从旧书院的前厅到旧祠堂的古戏台上
穿过门廊，内部的毁坏由来已久
透过门窗，天空一片蔚蓝
老屋外，蔷薇在晃动
土堆上的青苔在晃动，星星般闪着光
古村里，一切似乎都明亮起来
一位老者从老屋里走出
他向我们讲述这个村庄的前世今生
我们驻足，倾听
一个朝代，一段辉煌虽已落幕
回忆它的人，仍满面春风

一棵树

初冬的田垄已经在沉睡
田埂边，一棵树，立着
仿佛是思想的边缘
灰色的天空，此时很应景

这棵树，开满白色的小花
她们，似乎在沉默，或有所期待
云朵，远山，层层的梯田
是她成长的地平线

这棵树，曾经历过什么
我无从知晓
但此时，在白凌的梯田里
她有着一股简洁的力量

白玉云水词

◎ 阿 曼

白玉溪的水，流啊流

打上七房的山里走来
一路奔腾，从古至今
流经白玉村时，你迟疑了多久
又带走多少村庄的故事
收集星光和月光
也收集天空与云朵的色彩
收集笑声，也收集叹息
收集热闹的唢呐，与悲凉的鸦声
收集浣女捶打衣服的声响
也收集打谷机之声
你一次次聆听走向田埂的脚步
荷锄晚归的脚步
孩子们在岸边奔跑的脚步
带着多少年、多少代白玉人的悲欢

你继续往东，追赶霍童溪，再奔向大海

炊烟

鸡叫三遍，阁楼上的木窗
一个接一个地打开
村庄在鸡鸣声中醒来
又一天的炊烟升起了
炊烟之下，食物连同温暖
从灶台，抵达家人的肠胃
溪边的衣裳，被一下一下捶打
被捶打的光阴，跟着溪水流逝
暮色之下，收好晾晒的衣物
收拾好最后一块碗碟
木窗里的灯火，就亮了
村庄的夜晚，有水声蛙声，也有蝉鸣
孩子与疲惫的归人，安然入睡
日复一日，年复一年
谁在炊烟里，青丝变白头

石可为邻

这么多石头呀
我与它们素昧平生
谁安排了这场遇见
它们究竟在这守候了多久
目送过多少白玉的日出与日落

石不能言。但爱与美不可辜负
不妨坐下来，赏一方对岸的风景
做一回悠闲的人，在树荫下吹风
想心事，或者发呆
也不妨挑一块满意的，躺下来
以天为被，高贵得像个公主
小睡或者酣眠。就算梦里的笑容
掉得满地都是，也决不去捡
只偶尔偷偷地睁开眼
看烈烈的骄阳，从树叶缝里漏下来
却怎么晒，也晒不到我

茶盐古道记

◎ 韦廷信

担夫

他们穿着单布麻衫

装一挑茶叶、笋干和硋瓷

踏上弯弯曲曲的古道走向沿海

担回鱼贝、食盐和盐腌的小螃蟹

一根细长的扁担

在古道上吱吱呀呀唱起乱弹戏

融合了屏南小调的地方声腔剧种

在山海间交响

站在这条古道上，我看见

担夫们把一条褶皱的海丝之路

从历史的夹缝中

一步步肩挑出来

纪红亭

一座纪红亭让荒凉的古道多了一抹亮色

那是游击队战士——

鲜血染红的

我们在亭中聊着寿山的革命故事

夕阳的余晖在四周久凝不散

在古道更深远处

辛亥革命爆发前夕

苏家四兄弟——

从寿山出发沿古道

出前墘，下瀛洲，至福州马尾

他们翻山越岭，风餐露宿

希冀走到山水互通

他们在古道上寻找维持生命的盐

噢——不，是维持精神的盐

乡村道路

给山茶花，蒲公英

留下幽僻的空间

眼前是一个洁净、柔和的村庄

被时光掩藏的

似断还连的寂寞古道残躯

被唤醒治愈

经数百年的行走

茶盐古道走成了乡村振兴之路

新旧两条道路无缝衔接

仿佛两个时代在这里相遇

我们一会儿走进历史

一会儿又站到时代潮头

古道是一条潜伏的文脉

连接着山海

修旧如旧，乡村振兴的一只大手

向历史宣告

古道是被需要的，乡村是被需要的

民间护路人

有的人把水晶视作宝贝

有的人把震旦鸦雀当作神鸟

而寿山村的百姓

却对一条古道

爱得深沉

对着眼前这个村子

我想起他们古老的村规

每年中元节，家家户户分段上路

劈草清沟，护坡固石

我能否详细讲一下这条古道

马蹄声清脆

八音嗷语神秘

古道上蕨草芬芳